野蛮な恋人

成宮ゆり

14259

角川ルビー文庫

Contents

野蛮な恋人　005
あとがき　276

口絵・本文イラスト／紺野けい子

「わっ!」

ようやく辿《たど》り着いたマンションで、兄貴の部屋の鍵《かぎ》を開けた途端《とたん》、突然《とつぜん》開いたドアの中から伸《の》びてきた手に、俺は強引《ごういん》に中へと引きずり込まれた。

——な、なんだ?

驚《おどろ》いて相手の顔を見ようとしたけれど、暗闇《くらやみ》のせいで確認《かくにん》することはできない。

「お前、誰《だれ》だ」

低くてドスの利《き》いた声。明らかに兄貴じゃないことは確かだ。

だけど「お前こそ誰だ」と言い返す前に、そいつは俺の体を、閉めたばかりの鉄製のドアに勢い込んで押しつけてきた。

「…痛…」

ガンッという音がして、俺はその衝撃《しょうげき》に顔をしかめる。肩《かた》にかけていたボストンバッグがずるりと下がり、足下《あしもと》にどさっと音を立てて落ちた。

一体、なんなんだ? 泥棒《どろぼう》か!?

引っ越《こ》しの当日に泥棒と鉢合《はちあ》わせするなんて、どうして毎回毎回、兄貴が絡《から》むと俺は不運に見舞《みま》われるんだろう。きっと、相当相性《あいしょう》が悪いんだ……。

どうにか逃《に》げだそうと藻掻《もが》くと、相手は素早《すばや》い動作で俺の体を反転させ、片腕《かたうで》を背後にねじり上げてきた。

「くっ、放せ！」

背後から男が体全体で寄りかかってきているせいで、藻掻けば藻掻くほど、ドアに押しつけられた頬《ほお》と背後に回された腕が痛む。

「金目の物なんてなんにもねぇよっ」

「……っ」

絞《しぼ》り出すように言うと、背後で男が一瞬《いっしゅん》とまどったのが分かった。

それを見逃《みのが》すほど、バカじゃない。俺はその隙《すき》をついて相手を渾身《こんしん》の力で振《ふ》り払《はら》うと、ドアを背にして体勢を立て直した。

狭《せま》い玄関《げんかん》で、相手との距離《きょり》は一メートルもない。

どうしたらいい？　ここがこれから俺の住処《すみか》になるのに、逃げるわけにもいかないし……。

「誰だ、お前？」

誰って、泥棒のくせに変なことを聞く奴《やつ》だな？

「この部屋の住人だ」

俺は不審《ふしん》に思いながらも、暗闇に向かって応《こた》えた。

「住人？」

正確には住人は兄貴で、俺は今日からここの居候《いそうろう》になる。だけど、そんなことをいちいち泥棒に説明してやる義理はない。

「お前、もしかして…」

でも、困ったな。もしかしたらほかに仲間がいるかもしれないし、やっぱり一度外に逃げて誰かを呼んできた方が良いかもしれない。

そう思っていると、突然パチンと音がして、室内がぱっと明るくなった。

「……っ…」

明るさに慣れなくてくらくらしながらも、俺は目の前にいる男に視線を向けた。するとそいつは、まるで値踏《ねぶ》みでもするかのように、上から下までじろじろと俺を眺《なが》めていたのだ。

「な、何…？」

というか、なんで俺が泥棒にこんなふうに見られなきゃならないんだ？　普通《ふつう》、逆だろう？

でも——よく見ればこいつ、ずいぶん造りのいい顔立ちをしている。

少し長めの茶色い髪《かみ》と、涼《すず》しげな目元。泥棒なんてしなくても、一生、女が食わせてくれそうな造形。身長は俺の方が少しだけ高いかもしれないけれど、モデルだって言われたら「はいそうですか」って納得《なっとく》するだろうな、って思うくらいスタイルも良い。

変だ…生活に困ってるような格好でもないし、泥棒にはとても見えない。

「お前……春樹《はるき》の弟か？」

「え？」

それは確かに、兄貴の名前だ。

兄貴の名前を知っていて、兄貴の部屋にいるということは友達か何かだろうか。でも、だとしたら来訪者を襲《おそ》うのはおかしい。

俺を泥棒と間違《まちが》えたのか？

鍵を持っていたのに？

「なんだ、紛《まぎ》らわしいな……。身分証は？」

「な、なんで？」

男は無言で俺をにらみつける。文句を言わずに従え、ということらしい。

仕方なく俺は、バッグの中から学生手帳に挟《はさ》まっている学生証を取り出す。すると、男は俺の手から勝手にそれをもぎ取った。

「田島秋人《たじまあきと》。大学一年か。で？」

「は？」

何が「で？」なのか分からずに、俺は男を見る。

現在の時間は、午後八時。こんなふうに玄関先で見ず知らずの男に尋問《じんもん》されているなんて、一時間前には想像もできなかった事態だ。

「な、何が？」

「春樹はどこ行った」

それは俺の方が聞きたい。

というか、そもそもこの人は兄貴の知り合いなんだろうか？

「さ、さぁ？」

「お前っ！」

そう言って胸《むな》ぐらを掴《つか》もうとした男の手を、俺はとっさにはじく。すると、俺とそいつとの間に再び緊迫《きんぱく》した雰囲気《ふんいき》が流れた。

「吐《は》かねぇと、どうなるか分かってんだろうな？」

鋭《するど》い双眸《そうぼう》に射られて、思わず背筋が寒くなる。顔の造りがいいだけに、怒《おこ》った顔の迫力が凄《すご》い。

俺は喧嘩《けんか》が弱い方じゃないし、勝ち気な性格が災《わざわ》いして場数も結構踏《ふ》んできたつもりだが、この男にはなぜか勝てる気がしなかった。

それどころか殴《なぐ》りかかる気にもなれないのは、その圧倒《あっとう》的な雰囲気と恐《おそ》らく桁違《けたちが》いの経験値の差を感じるからかもしれない。

「知らないですよ、本当は駅まで迎《むか》えに来てくれる予定だったのに来ないし、家行ったら知らない人いるし、あんたホントに誰なんですか」

「木崎智也《きざきともや》」

……俺が知りたいのは、名前より兄貴との関係の方なんですが。

「春樹から聞いてないのか？」

その問いかけに俺は、コクリと頷《うなず》く。

俺が兄貴のマンションに居候させて貰《もら》うことが決まったのが、二週間前。最後に連絡《れんらく》を取ったのが、一週間前。だけどその時だって、家主がいないのに家に上がり込めるような奴がいるなんて、兄貴は一言も言っていなかった。

「…………」

――まさか…。

俺は一瞬だけ脳裏《のうり》をよぎった不吉《ふきつ》な考えを、あわてて追い払う。

友達、知り合い、クラスメイト、なんなら泥棒でもいい。

さっきまでは泥棒以外の何かならなんでもいいと思っていたが、俺はここにきて一番確率の高い最悪の答えに行き当たってしまった。

それだけは避《さ》けたい。

と思った矢先に――――。

「春樹の恋人《こいびと》だ」

「…………」

……やっぱりそれか……。

それ以外だったら本当になんでもよかったのに。まだ直ってなかったのか。兄貴の悪癖《あくへき》。

男の恋人がいる話は、ここ最近聞いてなかったから、もう男を恋愛《れんあい》対象にするのはやめたとばかり思っていたのに……どうして、あんたの相手はまた男なんだ、兄貴！

「……お友達ではなく？」

最後の希望を込めた俺の言葉は、あっさりと打ち砕《くだ》かれる。

「証拠《しょうこ》でも見せるか？」

証拠って何を見せる気だ……？

というか、自分の兄貴がホモであることですら相当衝撃《しょうげき》なのに、その上証拠まで見せられては、いくらめちゃくちゃな兄貴の性格に慣れている俺ですら精神に異常を来《きた》してしまう。

「……結構です」

「ふうん」

木崎智也と名乗った目の前の男は、つまらなそうな表情をしてから再び俺をジロリと見た。

「お前、春樹と似てないんだな」

「…………」

確かに俺と兄貴は、外見も性格も全く似ていない。一緒《いっしょ》にいれば『春樹先輩《せんぱい》って綺麗《きれい》で優《やさ》しいし、秋人くんとは全然似てないよね』なんて言われることはしょっちゅうだ。

中学高校とテニスに明け暮れたおかげで、身長も平均以上だし体つきも案外に育ってしまった俺と違って、兄貴は身長百七十センチ前後で細身。顔だって、父親にそっくりな俺とは正反対の母親似。黒髪、黒目な俺とは違う、茶髪《ちゃぱつ》と色素の薄《うす》い茶系の瞳《ひとみ》。唯一《ゆいいつ》の共通点は、癖《くせ》のないサラサラな髪質だけかもしれない。

ちなみに、性癖も真逆。

慎重《しんちょう》（普通）な俺とは違って、来る者拒《こば》まずな兄貴は、昔から男でも女でも『好きだ』と言ってくれる相手とは、どんな奴《やつ》とも「飽《あ》きるまで」付き合っていた。だから、兄貴が男もイケるってことは俺も知ってる。

ここ最近は女の子と付き合ってるようだったから、直ったと思ってたのに…。やっぱり長年染《し》みついた性癖は、簡単には直ってくれないらしい。

おまけに目の前の男は、確実に兄貴より背が高いし、体格も良い。

「…………」

ということは……兄貴が女役…？

つまり、この人が兄貴のことを……？

そこまで考えた俺はさらに気分が沈《しず》んでいくのを感じて、頭を切り替《か》えることにした。想像したくはないが、このままだとうっかり色々と想像してしまいそうだ。

「あの、兄貴いないんですか？」

「俺がいるから帰って来ないんじゃないか？　勘《かん》が鋭いヤツだからな」

そう言いながら、男はリビングに置いてあるやたらでかい黄色のソファにどかっと座る。

どうしてこの男がいると兄貴が帰ってこないんだろう？

恋人なのに？　もしかして、喧嘩でもしたのか？

でも兄貴は「喧嘩したのが気まずくて家に帰れない」なんていうようなしおらしい性格では決してない。

——面倒なところに来ちゃったのか俺は…？


「兄貴、なんで……」

だけど真意を確かめようと思って口を開いた時、ちょうど俺の携帯《けいたい》が鳴りだした。

液晶《えきしょう》に表示されたのは「兄貴」の二文字。

「春樹からか!?」

「…っ」

男の怒鳴《どな》り声に、俺は思わず体をビクッと震《ふる》わせる。

人を殺しそうな程《ほど》の勢いに素直《すなお》に頷いていいものかどうか思案しながらも、俺は結局それに答えることなく通話ボタンを押した。

『あ、秋人？　今どこ？　ごめんな、お前が越《こ》してくるの今日だって忘れててさ』

一週間前にも聞いたちょっと高めな兄貴の声。声の向こうからは、外の雑音が聞こえる。

「いや、兄貴それよりさ…」

『もしかしたら家に変な男いるかもしれないんだけど、そいつに会ったら速攻《そっこう》逃げろよ。なんなら警察呼んでもいいから。そいつに捕《つか》まったらお前何されるか分かったもんじゃ――』

「てめぇどこにいやがるっ」

兄貴が言い終わらないうちに、男が俺の携帯を奪《うば》う。

「さっさと戻《もど》ってきやがれ！　じゃないとお前の弟どうなるか分かってんだろうな！」

携帯に向かって吼《ほ》えまくる男。

……兄貴が戻って来なかったら、俺はいったい彼に何をされるんだろう。

今のうちに逃げた方がいいのかもしれない。

そう思って這《は》うようにして玄関《げんかん》に向かう途中《とちゅう》で、突然《とつぜん》背後から襟首《えりくび》を掴《つか》まれた。

「…っ！」

ぎくりと硬直《こうちょく》する俺に、地を這うような低い声が襲《おそ》いかかる。

「どこ行くつもりだ？」

「ト、トイレに」

「そうかよ」

男は俺を無理やり立たせると、そのまま強引《ごういん》にトイレの中に押し込んだ。電気もつけて貰えないせいで真っ暗なトイレの中で、俺は途方に暮れてしまう。

「どこにいるんだよ!? え? 携帯も出やがらないし、どういうつもりだ!!」

ドア越しに聞こえてくる男の怒鳴り声。

しかし、それも長くは続かなかった。

「…っ、くそ! あの野郎《やろう》!」

男の声から推測すると、どうやら兄貴が携帯を切ったらしい。

――ガシャン!

おまけに悪態に続いて、何かが(恐《おそ》らく俺の携帯だろう)壁《かべ》に勢いよくぶつかるような音まで聞こえてきた。

俺はどうすればいいのか悩《なや》みながらも、トイレのドアをそろそろと開けると、男が廊下《ろうか》の真ん中でぼんやりと立ち竦《すく》む後ろ姿が見えた。

「あの、すいません。えーと、木崎さん?」

「智也でいい」

表情は見えないが、声は硬質。とりあえず泣いてはいないらしい。

「智也さん、兄貴と喧嘩《けんか》でもしたんですか?」

「……あいつ、浮気《うわき》を責めたら別れるとか言いだしやがったんだ」

智也さんは足音荒《あら》くリビングまで行くと、先ほどのソファに再びどかりと座った。

「一週間前、突然そう言われたんだ。別れたいってな。浮気したあいつが悪いのに何で俺が捨てられなきゃならねぇんだよ」

――つまり、この人は兄貴の元恋人《こいびと》、ってことか。

熱しやすく冷めやすい。兄貴のそんな性格は今に始まったことじゃない。

学生時代だってよく女の子が『別れたくない』とか言って家にまで押し掛《か》けてきたことが何度もあった。そんなとき大抵《たいてい》兄貴はどっかに雲隠《くもがく》れしているか、居留守を使って俺に対応させてたっけ。

「いきなりだぜ？　納得《なっとく》できるわけねぇだろ」

「はぁ…」

そんなこと、俺に言われても困る。

過去にも兄貴がフった女の子が突然うちに来て、俺が兄貴の代わりに詰《なじ》られたことがあったが、その時もコメントのしようがなかった。

一度「もっといい人が見つかりますよ」と言ったら「他人《ひと》ごとだからって簡単に言わないで！」ともっと女の子を興奮させてしまった経験がある。そんなことを言うぐらいならお門違《かどちが》いに俺を責めるのはやめて欲しい。

「………てっきり、お前があいつの新しい彼氏かと思ったんだ」

「違います」

そんな勘違い、勘弁して欲しい…。

「…………」

「…………」

急に落ちた沈黙《ちんもく》に、俺は所在なくリビングを見回した。

兄貴が『一人暮らしには広い』と言っていただけはある。2LDKかな？　間取りは家族向けのようだ。

玄関を入ってリビングに続く廊下の途中にトイレがあり、その向かいにはキッチンスペースへと続く別の廊下があった。

対面式でカウンターで仕切られたリビングとキッチン。キッチンの向こうにはバスルームへ続くドアがあり、今は半開きになっているため洗濯機《せんたくき》と洗面台とその向こうに浴室が見える。

そして、リビングを挟《はさ》んで両壁《りょうかべ》にドアが一つずつ。多分、あれが私室のドアだろう。

この間取りなら、兄貴と二人で住んでも窮屈《きゅうくつ》な思いをしなくていいかもしれない。

――でも、変だな。

兄貴への仕送りは、生活費を含《ふく》めて月に十万のはずだ。この辺りの相場は知らないが、この間取りでは家賃だけで仕送りが消えてしまいそうだ。兄貴のことだし、よっぽど割の良いバイトでもしてるんだろうか？

「何だよ」

俺がきょろきょろと部屋を見回していたのを不審《ふしん》に思ってか、智也さんが剣呑《けんのん》な声で問いかけながらジロリとこちらを見た。

やっぱり、この人怖《こわ》いかもしれない……。

「その、智也さん、兄貴はたぶん今日帰ってこないと」

先ほどの携帯のやりとりを聞く限り、兄貴がしばらくここに戻ってくるとは思えない。それはきっと、この人も分かっているはずだ。

「そうだろうな、一週間前から帰って来てねぇよ」

「一週間…」

ということはこの人、一週間ずっとここにいるのだろうか。

そうなら、とんでもないストーカーだ。兄貴が警察に通報しろと言ったのも頷《うなず》ける。っていうか一週間前からこの状態なら、もっと早く兄貴も教えてくれればいいものを。なんで言ってくれなかったんだろう。

「それで、その、俺今日疲《つか》れてもう眠《ねむ》いし」

「そっちが寝室《しんしつ》だ」

智也さんは、玄関から近い方のドアを指した。

暗に帰って欲しいと言ったつもりが、まったく伝わっていないらしい。

「その…」

「なんだよ、まだなんか用でもあるのか？」

「……帰らないんですか？」

びくびくしながらもようやく言うと、鋭《するど》い視線がギロリと俺を睨《にら》む。

言わなきゃよかったとすぐさま後悔《こうかい》するが、その視線はすぐにそらされた。

「お前、やっぱり春樹に似てないな」

「そう、ですか」

嬉《うれ》しいんだか、嬉しくないんだか。

似てない自覚はあるけれど、大体今の会話の流れで、何処《どこ》を指して似てないと言われたのかが分からない。

「顔はちょっと似てるけど、性格が全然似てない。あいつは要領が良くて、自分の要求を相手に通すのが巧《うま》いんだ。お前と違って」

「はぁ」

確かに、良い意味でも悪い意味でも、要領は兄貴の方がいい。

それにもともと俺たちは、性格がまったく似ていない兄弟だ。食べ物や洋服の趣味《しゅみ》も違う。好きなタイプもまったくかち合ったことがない。

「お前、恋人は？」

「ここ三ヶ月近くいません」

「へぇ。春樹ならあり得ねぇな」

まったくだ。

兄貴にとって、節操という言葉はヘリウムと同じくらい軽い。一週間だって間を空けずに新しい恋人と付き合う。重複期間だってあり得る。

俺のばあちゃんは、兄貴を見るたびに疲れたようなため息をついて「おじいさんを思い出すわ」とつぶやいている。相当苦労したようだ。

ちなみに、俺は生きているじいちゃんに会ったことがないのでよく知らないが、父さんは一度「付き合っていた彼女を取られたことがある」と遠い目をして言っていたことがあった。

「あんな男がまだ好きなんて、自分でも笑えるな」

そう言うと、智也さんはうつむいてしまう。

「……智也さん、えっと腹減りませんか？　なんか食ったらきっと元気出ますよ」

俺は沈《しず》んだ雰囲気《ふんいき》を破ろうと、畳《たた》み込むようにしてそう言う。

確かに自分の腹も減っていたが、話を切り替《か》えたのは、この後智也さんの口から語られるであろう愚痴《ぐち》を聞くのが厭《いや》だったというのが本音だ。

しかも、兄貴の元恋人が語る兄貴の愚痴だ。

針の筵《むしろ》よりも痛い。

「適当なもんでいいですよね」

逃《に》げるようにして勝手の分からないキッチンに入ると、俺はすぐ目につくところにあった醤《しょう》油味のインスタントラーメンを手に取る。そして、鍋《なべ》で水を沸《わ》かしながら冷蔵庫の中を見ると、使いかけの豚肉《ぶたにく》と野菜が入っていた。

俺がラーメンと野菜炒《いた》めを作り終わった頃《ころ》には、智也さんは大分気分が落ち着いたのか、ソファでテレビをつけてぼんやりと眺《なが》めていた。

「出来ましたよ」

「…………」

無言の智也さんの前に、俺はラーメンが入ったどんぶりを置く。それから冷蔵庫から勝手に出してきたウーロン茶をコップに注《つ》いだ。

なんで見ず知らずの男相手に、俺がここまでしなきゃならないんだ？

ちらりと頭をかすめたが、なんとなく智也さんには逆らってはいけないような気がしてしまうのだ。威圧《いあつ》感というか、恐怖《きょうふ》感というか……。

「それじゃ、いただきます」

そう言うと、智也さんはちらりと俺を見てから自分も箸《はし》を取る。

食事は黙々と進んだ。

――気まずい……。

会話は特になかった。何か話すにしても、何を話していいのか分からない。結局、俺は話題の糸口をつかめないまま、ラーメンを食べ終えてしまった。

食事の最中、一回だけ「眠かったんじゃなかったのかよ?」と聞かれたが「腹減ってるの忘れてました。それに俺、この番組好きなんですよね」と、初めて見るバラエティ番組を指して、適当にその場を濁《にご》した。だって、眠かったのは嘘《うそ》ですなんて、今更《いまさら》言えやしない。

そして片づけをした俺は、すぐ智也さんに「じゃあ俺、寝《ね》ますね」と声を掛《か》けると、早々に先ほど言われた部屋に引っ込んで、ベッドに潜《もぐ》り込んだのだ。

時計は夜九時——子供でも寝ないような時間を指していたけれど。

「……っ」

聞き慣れたけたたましい音楽が耳に押しつけられて飛び起きたら、度アップで恐《おそ》ろしく綺麗《きれい》な顔が迫《せま》っていて驚《おどろ》いた。

「よぉ」

そう言ってから、綺麗な顔が少しだけ遠ざかる。

「智也さん……」

彼の手の中で鳴っているのは、昨日、結局返して貰《もら》えなかった俺の携帯《けいたい》。目覚まし時計代わりに毎日、この時間に鳴るように設定してあるのだ。音楽はイギリスの有名ロックバンドで、別に好きなバンドではないが目覚ましとしては最高で、それが鳴るといつもびっくりして飛び起きる。心臓に悪いのが玉に瑕《きず》だが、俺にとっては丁度良い。

「大学か？」

「……はい」

俺は携帯を智也さんから受け取ると、目覚まし機能を停止させる。

「まだ七時だぜ？」

俺の携帯が鳴ったせいで、智也さんは望まぬ起床《きしよう》を強《し》いられたのだろう。あくびをかみ殺しながら、不機嫌《ふきげん》そうな顔をしている。

「時間ぎりぎりに行くの嫌《いや》なんで」

「ふぅん」

そう応《こた》えると、智也さんは再び俺の携帯をひょいと奪《うば》って部屋を出ていってしまった。

「大学行く前には、携帯返して欲しいんだけどなぁ……」

俺は呟《つぶや》きながら服を着替えて、寝室を出る。バッグから出した歯ブラシを片手に洗面台に向かう途中《とちゆう》、キッチンで何かを作っている智也さんが見えた。

あの人でも料理するのか……？

ぼんやりとした頭でそんなことを考えながら蛇口《じやぐち》を捻《ひね》り、俺は水を出しながらおとなしく歯を磨《みが》く。洗面台に置かれた色違《いろちが》いの二本の歯ブラシには見ないふり。

洗顔もしてさっぱりした気持ちでリビングに向かうと、ガラスのダイニングテーブルの上に用意された二人分の朝食が目に入った。トーストとコーヒーの簡単なものだったけれど、二人分用意されていたことに、俺はちょっとだけ驚いてしまう。

「朝飯食うだろ？」

「はい、ありがとうございます」

素直《すなお》に礼を言うと、智也さんは少し長めの前髪《まえがみ》をうるさそうに掻《か》き上げる。

そんな簡単な動作がいちいち様になるってことは、やっぱりこの人は一般的《いっぱん》に見てもカッコイイんだと思う。

この人だって兄貴に劣《おと》らず女が群がって来るだろうに、どうして男同士の不毛な恋愛《れんあい》なんてやってるんだろう。もったいないなぁ。

トーストを齧《かじ》りながらそんなことを考えていると、智也さんがテーブルの上に俺の携帯と学生証を置く。

「あ、俺の……」

ようやく返してくれる気になったのか。

そう思って手をのばすと、智也さんはゴツいシルバーの指輪がたくさん塡《はま》ったスラリとした長くて綺麗な指を、その上にすっと被《かぶ》せた。

「勝手に触《さわ》るな」

「…………」

返す気はないようだ。

とまどって智也さんを見ると、にやりと笑われた。

「俺がこの部屋に居ると、春樹は帰ってこない。だけどお前がここに居れば、春樹は俺が居なくなったと思って帰ってくる」

「はぁ?」

「春樹が帰ってきたら、この二つは返してやるよ。だからお前も春樹が帰ってくるように協力しろ」

「協力って…」

なんで、俺がそんなことまでしなきゃならないんだ。

「大学が終わって、寄り道せずに真っ直《す》ぐ帰るとしたら何時だ？」

「八時ぐらいですかね。サークルがあるんで」

「じゃあ門限は八時半だ。それまでに帰ってこい。お前はできるだけ長くここに居ろ。そうすれば春樹は俺がもうここに居ないと思うだろうからな」

「……っ」

なんで…なんで俺は素直に応えてしまったんだろう。こんなことになるなら十二時とか、せめて十時とか言っておけばよかった……。

「それって、いつまでですか？」

「言ったろ、春樹が帰ってくるまでだ。門限は守れよ」

「門限………」

親の目を離《はな》れ、楽しい学生生活が待っていたはずなのに門限。しかも八時半。子供の時すら門限なんてなかったのに。

おまけに、サークルが終わって直帰すれば、見知らぬ怖《こわ》いお兄さんと家で二人きりだなんて、不幸にもほどがある。

「破ったらお前の大学まで出迎《でむか》えに行ってやるよ」

――警察に行きたい。

でも「兄貴の元彼氏が家に居座っていて困っている」なんてこと、とてもじゃないが言えない。ただでさえ兄貴が性癖《せいへき》をカミングアウトしたことで、親父《おやじ》の胃《い》潰瘍《かいよう》は悪化したのだ。こんな話が親の耳に入ったら、今度こそ親父は心労で死んでしまう。

「分かったな?」

「……はい」

絶望的な気分で俺は頷《うなず》く。

「あの…門限破りませんからそれ、返してくれません?」

俺はせめてと思って、彼の手にある携帯を指さした。

「だめだ。春樹から連絡《れんらく》入るかもしれないからな」

「……じゃあ、学生証の方だけでも返してください。それないと定期買えないんで」

そう言うと、智也さんはしばらく迷ったように学生証を見ていたが、ようやく俺にそれを返してくれた。

「大学名と学科は覚えたからな」

と、念を押すことは忘れなかったが。

俺はそれをポケットにしまうと、バッグを肩《かた》にかけて部屋を出た。

「はぁ……」

マンションを出て、駅までの道を歩きながらため息を吐《つ》く。

「……いつになったら携帯返してくれるんだろう」

兄貴は明るい性格だったから、いつでも人の輪の中心にいた。年齢《ねんれい》も性別も関係なく幅広《はばひろ》く色んな人と付き合っていたから、学校じゃちょっとした有名人で、俺も小中学生の時は上級生がほとんど兄貴の友達だったおかげで、クラブ活動ではずいぶん先輩《せんぱい》たちから優遇《ゆうぐう》されていた。

兄貴の奔放《ほんぽう》さに腹が立つときもあったが、反面、俺は人気者の兄貴が誇《ほこ》らしかったし、自分のやりたいことをやる姿勢が羨《うらや》ましくもあった。

多少性格に問題があっても、俺は兄貴が俺の兄貴で良かったと思っていた。

――昨日までは。

「兄貴が帰ってくるまでの我慢《がまん》だ……」

帰ってきたら、いくらなんでも今回のことは怒《おこ》りたい。

今までちゃんと叱《しか》っておかなかったことが、きっと今回みたいな事態を引き起こしたんだ。

「がんばろう……」

だけど、鼓舞《こぶ》するためにつぶやいた言葉はやけに弱々しくて、自分で聞いてさらに憂鬱《ゆううつ》になったのだった。

──帰りたくない。

そんなことを考えながら、俺はテニスサークルの部室に顔を出した。

三畳《さんじょう》程度の広さで、壁《かべ》にはスチール製の棚《たな》があるが、そこに置かれているのはほとんど先輩の私物ばかり。部室といっても、グラウンドに近い方にもう一つ、テニス用具用の部室を借りているため、ここにはそういった汗《あせ》くさい物はない。

それどころか大学が廃棄《はいき》したテーブルや椅子《いす》、そして電気ポットを誰《だれ》かが持ち込んでくれたため、ここは今では快適な休憩《きゅうけい》所として利用されている。

「よう、タジ」

「あ…小西《こにし》先輩いたんですか…」

練習はしとしと降る長雨で中止になったから、もう誰もいないだろうと思って部室のドアを開けると、先輩が一人で椅子に腰掛《こしか》けて漫画《まんが》を読んでいた。

小西先輩は兄貴の後輩に当たる人で、俺とも長年付き合いがある先輩だ。小学校・中学校・高校が同じで、昔は三人で一緒《いっしょ》に地元のテニスクラブに所属していたこともある。

俺よりも背は高く黙《だま》ってれば怖く見えるタイプだが、いつもにこにこと笑《え》みを浮《う》かべているので、そんなに威圧《いあつ》感はない。ただ、怒ったらかなり怖い人だけれど、俺にとってこの人は本当に頼《たよ》れる、良き先輩だ。

そういえばこの人って、今でも兄貴との交流が続いてるんだよな…？

「タジ、週末に引っ越《こ》ししたんだっけ？」

「あー…はい……そうですね」

俺は曖昧《あいまい》に言葉を濁《にご》した。

いくら兄貴と今も仲がいいと言っても、兄貴の性癖を知っているかどうか分からない。知らないなら、それに越したことはない。

「春樹先輩のところだよな？　どう？　相変わらず散らかってた？　住めそう？」

先輩は、含《ふく》み笑いで聞いてくる。昔、実家の方の兄貴の部屋を見たことがある先輩は、おそらくあのハリケーン通過後みたいな部屋を想像しているんだろう。

でも――――。

「……住めない…かもしれないッス」

まだ、別のハリケーンが停滞《ていたい》してるから。

「へぇ、今日遊びに行ってもいいか？」

「今日!?」

「ダメ？　今日は俺、暇《ひま》なんだけどなぁ」

ここで兄貴なら、おもしろがって小西先輩を部屋に連れていくだろうが、俺はとてもそんな図太い神経を持ち合わせてない。「あの人」がいる部屋なんかに連れて行ったりしたら、事情を一から説明するハメになるじゃないか。そんなの冗談《じょうだん》じゃない。

「今度…！　今度、絶対呼びますから！」

これ以上ねだられない内にと、俺は手早くバッグを取った。

「じゃ、先輩。雨がひどくならない内にお先に失礼しますっ」

「おい、タジ！」

背後で小西先輩の声が聞こえたけれど、俺はそれに振《ふ》り向くことなく部室を出ると、折り畳《たた》み傘《がさ》を広げて足早に大学を出て駅へ向かった。

雨の中を歩くのも面倒《めんどう》だけれど、家に帰れば絶対にあの人がいるわけだし——何もかもが憂鬱に思えてくる。

「はぁ……」

電車待ちをしている間も、俺は何度もため息を吐いた。そして電車に揺《ゆ》られてる間も、この電車が駅に着かなきゃいいのになんてことを、ずっと考えていた。

別に、智也さんに本気でおびえてるわけじゃないんだ。本気で話し合えば、なんとかなるんじゃないかって気もする。

だけど、なんとかするためにあの人を説き伏《ふ》せる面倒を思うと、ぐったりした気分になってしまうのだ。

そもそもああいう押しの強いタイプが、俺は大の苦手なんだ。

「何でこんなに近いのかな……」

大学近くにある兄貴のマンションに越してきたんだから、近いのは当たり前だけれど、二十分掛からず最寄《もよ》りの駅に着いてしまい、俺はげんなりする。

今日の午後から降ったりやんだりを繰《く》り返していた雨は、駅を出た時にはあがっていた。だけど、俺の気持ちは晴れやしない。

「はぁ……」

駅からマンションに向かう間も、まるでテストで悪い点を取ってしまった子供のような気持ちでため息を吐きながらトボトボと歩く。

時間をつぶすためにスーパーに寄って、とりあえず安いものを特に何も考えずに適当に買った。閉店間際《ぎわ》なお陰《かげ》で刺身《さしみ》類が安かったから、今夜はもう海鮮丼《かいせんどん》でいい。

智也さんの分も一応買ったけど、食事が終わってたりしたら明日俺が朝食にでも食べよう。ずいぶん朝から贅沢《ぜいたく》をすることになるが、そうでもしなきゃやってられない。

「八時か…」

腕《うで》時計に目を落として、俺は時間を確かめる。

門限までは、あと三十分近く時間がある。ぎりぎりに帰るのも門限を意識したみたいでしゃくだけど、余裕《よゆう》を持って早めに帰るのもなんだかもったいない気がする。

というか、そもそもなぜ門限なんて設けられなきゃならないんだ？　しかも相手は、俺の保護者でもなんでもない兄貴の元恋人《こいびと》だ。

「マジ…最悪」

腹が立つから帰らないでどこかに行こうか。確か、小西先輩って一人暮らしだったよな？

だけど強気にそう思ってみても、そんなことをしてもし大学に押し掛けて来られたら、と考えるとついつい弱気になる。

何せ俺は、あの大学にあと四年は通わなきゃならないんだ。

兄貴がホモだとばれるのも、その兄貴の元恋人につきまとわれてるとばれるのも、その元恋人と同居しているとばれるのも、できれば遠慮《えんりょ》したい。

俺は兄貴と違《ちが》って、周りが何を思っても関係ないなんて思えるような開けた性格じゃないんだ。小心者だという自覚はある。

「あーあ…」

コンビニで立ち読みでもしようかなぁ……。

俺は一度通り過ぎたマンション近くのコンビニで、残りの三十分を費《つい》やすことに決めると、踵《きびす》を返して店に向かった。

「やめてください！」

「うるせーんだよ。早く来いよ！」

近づいていくと、言い争う声が聞こえてくる。

見るとコンビニと隣家《りんか》の間にある車一台分ほど空いたスペースで、何人かが揉《も》めていた。

カツアゲか、ナンパか…？

中学生ぐらいの女の子二人が、俺と大して変わらないような体軀《たいく》をした奴《やつ》ら三人に囲まれている。下卑《げび》た笑いをする奴らに対し、女の子たちは泣きそうな顔で「やめてください」とか「触《さわ》らないでください」なんてか細い声で抵抗《ていこう》しながらおびえていた。

「助けてください！」

「…………」

ようやくコンビニから出てきた客に必死で女の子が声を掛けたけれど、そいつらは皆《みな》気づかない振りをしながら通り過ぎていく。

「…っ」

――何で誰《だれ》も助けてやろうとしねぇんだよ。

厄介《やっかい》事に首を突《つ》っ込む趣味《しゅみ》はないが、こんな状況《じょうきょう》を黙って見過ごせるほど薄情《はくじょう》じゃない。俺はカッとして、大声を出した。

「何してんだよ、お前ら！」

怒鳴《どな》れば逃《に》げるかと思ったが、振り返った奴らの顔はふてぶてしい笑みを浮かべている。

新しい獲物《えもの》を見つけたような顔をした奴。お楽しみをじゃまされて不愉快《ふゆかい》に感じているような顔の奴。とりあえず、弱気な顔を見せるような奴はいなかった。

「助けて！」

そう叫《さけ》ぶと、女の子たちは男たちの手を振り払《はら》って走り寄り、俺の後ろに隠《かく》れた。

「関係ねぇやつが口出ししてんじゃねぇよ」

「さっさとそいつら、寄越せ」

口々にそんなことを言いながら、奴らは俺に威嚇《いかく》してくる。

——相手は三人か。

かばいながら、戦うなんてうまくいくだろうか？　これじゃ、女の子を逃がすだけで精一杯《せいいっぱい》かもしれない。

黙《だま》ってそんなことを考えていると、男たちの内で一番背の高い奴が近づいてきた。

「カッコつけてんじゃねぇよ！」

そう言って、いきなり殴《なぐ》りかかってくる。

「…っ！」

その拳《こぶし》を寸前のところでよけてから、俺は後ずさりした。

ここで女の子たちを逃がしても、きっと残りの奴らが捕《つか》まえるだろう。この子たちがあいつらよりも速く走れるとは思えない。

「きゃぁっ!」

隙《すき》をついて片方の子が、奴らの一人に腕を取られた。

「…くっ」

それを庇《かば》おうとした途端《とたん》、別の奴が俺の頬《ほお》を殴る。おまけに、その子を助けようとすれば庇っていた女の子まで連れて行かれそうになった。

「ほら、こっち来いよ」

「やめて!」

その悲鳴に、男たちが笑い声をあげる。

寸前のところで一人は取り返したけれど、もう一人の子は奪《うば》われたまま。俺は自分の無力さと考えのなさに腹が立った。

——助けるにしても、考えてから動くんだった。

「その子を放してやれよ。可哀想《かわいそう》だろ」

「うるせーんだよ!」

まともな説得なんて聞くわけもなく、横にいた奴が俺の腹を蹴《け》る。背後に隠れた女の子を庇ったせいで、俺はそれをまともに食《く》らってしまった。

「…っ! げほっ、げほっ」

横隔膜《おうかくまく》の下に入った蹴りに、体を二つに折って咳《せ》き込む。手に持っていたスーパーの袋《ふくろ》も、思わず落とした。

生理的な涙《なみだ》で滲《にじ》んだ視界。アスファルトがぼやけて見える。

――どうしたらいい……？

吐《は》き気を堪《こら》えながら考えを巡《めぐ》らせていると、ふいに背後から声が聞こえた。

「何やってんだよ、秋人」

緊迫《きんぱく》した場に似合わない、あきれたような声。

「智也、さん」

振《ふ》り返ると、智也さんが銜《くわ》え煙草《たばこ》で立っていた。

面倒くさそうに髪《かみ》をかき上げ、恐《おそ》ろしく整った顔でこちらを睨《にら》みつけているキツイ瞳《ひとみ》。

口元から煙草を離し、紫煙《しえん》を吐き出す智也さんのゆっくりとした動作に、一瞬《いっしゅん》俺は自分が何をしていたのか忘れそうになった。

やっぱり智也さんってカッコイイんだよな。動作一つ一つが絵になるっていうか、なんかまるでそこだけ別空間、って言われても納得《なっとく》してしまいそうだ。

周りの連中もそうだったんだろう。ぽかんとして皆、智也さんをただ見てた。

「ほら、来いよ」

「あ…はい」

智也さんはそんな周りの雰囲気《ふんいき》など意にも介《かい》さず、奴らに捕まっていたもう一人の女の子の腕を取る。

　そこでようやく我に返ったのか、女の子を取られた男は「誰だよ、お前っ」と刺《とげ》を含《ふく》んでそう言うと、智也さんの肩《かた》に手を掛けた。

「手、離せよ」

「ぅ、うるせぇ！」

　ギロリと睨まれて、一瞬相手の男の方が怯《ひる》む。そして、次の瞬間には智也さんの右拳に思いっきり殴られて、ばたんと木が倒《たお》れるみたいに受け身も取らずにアスファルトの上に倒れた。

　――一発かよ…。

「…っ」

　残りの二人と、俺は思わず息を呑《の》んでしまう。

「中入ってろ」

　智也さんは平然と女の子二人の腕を取ると、そう言ってコンビニの中に押し込んだ。それから俺の方を見る。

「何やられてんだよ」

「すみません…」

　って、何で俺は謝ってるんだよ？

　思わず条件反射のようにして謝ってから、俺は微妙《びみょう》な気持ちになった。

「くそっ！」

するとと今までフリーズしてた奴らが、智也さんに対して殺気を伴《ともな》って襲《おそ》いかかってきた。俺は、先に智也さんを殴ろうとした奴の腕を捕《と》らえる。

「そいつは、やれよ」

「え、はい」

返事をすると、智也さんは手にしていた煙草を地面に捨てて靴裏《くつうら》で潰《つぶ》してから、もう一人に体を向けて挑発《ちょうはつ》した。

「ほら、来いよ」

「お…お前っ、調子に乗んじゃねぇ！」

軽く見られたと思ったのか、奴らの殺気が増した。

――なんで、あの人はいらない挑発してるんだよ……。

俺は更《さら》にぐったりしたものを感じたけれど、ここで負けるわけにもいかないと思い、腕を取った男に向けてもう一方の拳を繰《く》り出す。

「ぐっ…てめぇ！」

だけど、智也さんのように一発で伸《の》せるわけもない。数回やりあった後、ようやくそいつは地面に倒れた。ようやくくって言っても、俺の方にケガはない。

「ふぅ…」

　だけど深く呼吸をして背後を振り返ると、智也さんはすでにコンビニの壁《かべ》に寄りかかって煙草を吸っているところだった。

　そして俺が片づけたのを見届けると、コンビニの中に入って今まで吸っていたのと同じ銘柄《めいがら》の煙草をカートンで買ってくる。

　もしかして、心配で見ててくれたんだろうか？

　……でもそれって、俺じゃ倒せないかもしれない、って思ってたってことだよな…。

　俺は微妙な気持ちになりながら、落としてしまったスーパーの袋の中に、こぼれた中身を広いあつめて入れた。

「行くぞ、秋人」

　ぶっきらぼうな声で智也さんが声を掛《か》けてくる。すると、背後から引き留める声が聞こえてきた。

「あの、待ってください！」

「助けてくださって、ありがとうございました」

　コンビニからおずおずと出てきた女の子たちが、口々に言いながら智也さんを見て顔を赤らめる。そして、その子たちは俺を見るとさらに顔を赤くした。

「すごく、格好良かったです…」

　目をきらきらさせながらそう言われても、俺はバツが悪くて「どうも」としか言えない。結局智也さんが来なきゃ、俺一人じゃどうにもならなかったのだ。

庇いながら戦うことばかり考えて、彼女たちをさっさとコンビニの中に入れてしまうなんて思いもしなかった。それなのに智也さんは、後から来たというのにすぐに状況《じょうきょう》を把握《はあく》して、それを実行してしまった。

頭の回転が速いんだ。しかも、一発で相手を沈《しず》めるほど強い。

俺なんて正義のヒーローにはほど遠い……。

「本当にありがとうございました！」

「あ、お名前教えてくださいっ。ちゃんとお礼させて頂きたいので〜」

「いや…そんなの別に……」

格好悪いところ見られたっていうのに、名前なんか教えられるわけがない。女の子たちが、きゃあきゃあと俺のことを褒《ほ》めるたびになんだか気分が沈んでいく。

「先行く」

女の子たちのテンションに付いていけず困り果てていると、不意に声を掛けられる。振り返ると、すでに智也さんは踵《きびす》を返して歩き出していた。

「え？　ちょっと待ってくださいよ、ごめん、それじゃ！」

「やだ、メルアドくらい教えてくださいよ〜」

そんな声が聞こえたけれど、それを無視して智也さんの後を追いかける。案外可愛《かわい》い女の子たちだったとは思うけれど、それよりも俺は助けて貰《もら》った礼を智也さんに言いたかった。

「あのっ、智也さん！」

「秋人」

ようやく追いつくと、予想外にも智也さんがくるりと振り返った。

「え？」

「切れてる」

そう言って、智也さんが俺の口の端《はし》を指す。

「あ、はい。さっき殴《なぐ》られた…」

時に切ったんです、と言おうとしたら、突然《とつぜん》——熱い舌がぺろりとそこを嘗《な》めたのだ。

「…っ」

ピリっと鋭《するど》い痛みが走って、俺は思わず顔をしかめる。その痛みで我に返ったあと、今度は驚《おど》きで俺は目を見開いた。

「い…」

い、今のって……？

何をされたのかは分かるけれど、何と言っていいのか分からずに、俺は嘗められたところに手を当てた。頭の中が真っ白になる。

そんな俺に智也さんは、平然と言い放った。

「悪い、間違《まちが》えた」

「間違えたって……」

兄貴とってことか？

間違えようないだろ……？

というか、男に……それも兄貴の元恋人《こいびと》に、キスみたいなことをされてしまったのに、不思議と嫌悪《けんお》感もなく、気持ち悪いとも感じなかった気がする……。

――何でだ……？

ぼんやりとそんなことを考えている間にも、智也さんは踵を返してさっさと歩き出していた。

「っ……」

俺は我に返って、その後ろ姿を慌《あわ》てて追いかける。追いついて横に並ぶと、智也さんは新しい煙草《たばこ》に火をつけた。

「で、さっきの何だよ」

「え？……さっきのって……？」

唇《くちびる》嘗《な》めたことじゃないよな……？

それのことなら、俺が理由を聞きたい。

「ガキ。知り合い？」

なんだ、そっちの話か……。

スーパー
角の川

「違います」

女の子も男たちも、どちらにしても知り合いじゃない。

「いつもああいうのやってんの？」

「いつもじゃないですけど、見かけたから」

「ふぅん」

智也さんからしたら、自分から首を突《つ》っ込んでおきながら、ヤラれてた俺なんて無様に見えるんだろうな。俺だってもうちょっと、スマートにやりたかった。

そう思って、またヘコむ。

「春樹は喧嘩《けんか》なんて絶対に関《かか》わらない。ほんと春樹に似てないな」

――似てない？

さっきは間違えたとか言って、俺の傷を嘗めたくせに今度はまたそんなことを言う。

やっぱりあれは、ただ俺をからかうためだけにやったんだろうか？

だとしたら悪趣味《あくしゅみ》すぎる。何もあんなギャラリーのいるところでやらなくたっていいじゃないか。いや、ギャラリーがいなくてもダメだけど！

「俺だって喧嘩には関わりたくないですけど、でもあの場合は仕方ないじゃないですか」

「俺なら関わらねぇな。面倒《めんどう》だし」

「智也さんもですか？」

思わず非難が声に混じり、口調がきつくなってしまう。

「ああ。他人のために痛い目に遭《あ》う必要はないだろ？」

「それってちょっと、ひどくないですか？　智也さんは強いんだから、助けてあげればいいじゃないですか。それが出来るんだから」

「はっ。お利口な考えだな。大体あいつらだって、絡《から》まれたくないならミニスカなんか穿《は》かなきゃいいんだよ」

そう言ってから、智也さんは煙草を吸った。

「見て見ぬ振《ふ》りってやつ、俺一番嫌《きら》いなんです。そういうの、卑劣《ひれつ》な奴《やつ》の考え方です」

「……卑劣ねぇ。上等じゃん」

智也さんは少しの間の後、おかしそうに笑った。

その態度に、俺は智也さんに対して初めてムッとしてしまう。

もしかしたら智也さんは、俺の考えが青臭《あおくさ》いと思ってるのかもしれない。確かに青臭いとは自分でも思うし、なんだか自分の耳にすら偽善《ぎぜん》的に聞こえるけれど、俺は本当にそう思ってる。

ミニスカ穿いている子も悪いかもしれないけれど、自分が出来ることをあえてやろうとしない奴は、もっと悪いはずだ。

「…………」

「…………」

マンションのエレベーターに乗ってからは、どちらも何も言わなかった。

考えの相違《そうい》は仕方ないと思うけれど、さすがに俺もあんなことを言われては、智也さんに対して気を遣《つか》おうとも思えなかったし、口を開くと言っちゃいけないことまで言ってしまいそうだったのだ。

だけど、俺はわずかな浮遊《ふゆう》感を覚えながら、一つ矛盾《むじゅん》に気づいた。

……あれ……？

他人のために痛い目に遭いたくないなら、面倒だから関わらないようにしてるなら、どうしてさっきは助けてくれたんだ？　別にコンビニの入り口を塞《ふさ》いでいたわけでもないのに、どうしてわざわざ、俺に声をかけた？

もしかして、絡まれてるのが俺だったからか……？

でもそんなのはおかしい。昨日会ったばかりの俺のために、この人がわざわざ面倒なことに自ら首を突っ込むとは思えない。

――偶然《ぐうぜん》だよな、多分。

俺はそう思い直して、ぼんやりと智也さんの後ろ姿を見る。

そういえば、まだ「ありがとう」も言っていない。あそこで智也さんが来なければ、きっとこんな風には終われなかったのに。

「あの…」

だけど、気づいて礼を言おうとした瞬間《しゅんかん》、エレベーターの扉《とびら》が開いてしまった。タイミングを逃《のが》した俺は、仕方なく言葉を呑《の》み込んで智也さんの後に続く。

マンションの部屋の鍵《かぎ》を開ける智也さんの後ろ姿。少し長めの髪《かみ》の間からのぞくうなじ。

「…………」

……何、考えてんだ、俺。

智也さんの首筋が綺麗《きれい》だなんて思うなんて、もしかして相当強く頭を殴られたかな。あんまり痛くないけれど、どっか打ち所悪かったのかもしれない。

「飯、何？」

暗い室内に明かりをつけた後、振り返らずに智也さんが聞いてくる。

「海鮮丼《かいせんどん》にしようと思ってます。智也さんも食べますか？」

「当たり前だろ。腹減ってんだから」

それを聞いて、やっぱり二人分買ってきてよかったと思った。

冷蔵庫の中は相変わらず空っぽで、昨日最後に見たときと変わっていない。ビールが何本かと、卵が二個。俺はそこに、とりあえず買ってきた物を入れた。

それでもまだ、冷蔵庫の中は寂《さび》しいまま。だけど、今朝タイマーをセットしていった炊飯器《すいはんき》の蓋《ふた》を開けると、綺麗にご飯が炊《た》きあがっていた。初めて使う炊飯器だったから、少し心配だったけどうまくいったようだ。

俺はみそ汁《しる》を作るために水を沸《わ》かしながら、ネギを切りあさりの砂抜《ぬ》きをする。するとと手持ちぶさたになったのか、智也さんがわざわざカウンター越《ご》しに俺の手元をのぞき込んできた。

「お前、家でも飯作ってたの？」

「あ、はい。親父《おやじ》もお袋《ふくろ》も共働きで忙《いそが》しかったですからね。毎日俺が作ってたわけじゃないですけど。兄貴が家事一切《いっさい》ダメな上に偏食《へんしょく》なんで、苦労させられましたよ」

そう言った途端《とたん》、智也さんが少し顔を顰《しか》めた。兄貴の話を出したのはさすがにやばかったかなと思ったけれど、言ってしまったものは仕方ない。

「仲のいい兄弟だな」

「そう、かもしれません」

「兄貴がホモでも平気なんだ？」

挑発《ちょうはつ》するような眼差《まなざ》しで、智也さんが言った。

俺を怒《おこ》らせたいのか、それとも、ただかまってほしいだけなのかは計り知れない。だけど俺の言葉が、智也さんにきっかけを与《あた》えてしまったのだけは確かなようだ。

「…………」

「どうなんだよ？」

追及《ついきゅう》を無視して、俺はあさりをざっと鍋《なべ》に入れる。それから、イカを適当な大きさに切って、その表面に切れ目を入れながら、慎重《しんちょう》に応《こた》えた。

「……初めて知った時も、あまり驚《おどろ》きませんでしたね。さすがに兄貴の恋人《こいびと》に名乗られたのは初めてだったんで、昨日はびびりましたけど」

「ふん」

「そういう智也さんの家はどうなんですか？」

「関係あんのか？　お前に」

俺の切り返しに、智也さんは面倒くさそうに応えながら舌打ちをする。そして少し長めの髪を、不機嫌《ふきげん》そうに搔《か》き上げた。

どうやら嫌《いや》な思い出でもあるようだ。

「聞かれたから聞き返しただけです」

「かわいくねーな」

「兄貴と違《ちが》ってですか？」

からかい混じりに言いながら、俺はみそ汁に長ネギを入れて味噌《みそ》を溶《と》かした。

その間も智也さんは、黙《だま》ったまま応えようとはしない。だから俺も、とりあえず黙って料理を続けることにした。

献立《こんだて》は、海鮮丼とみそ汁。だけどそれだけでは何か寂しい気がして、俺は冷蔵庫にあった梅干しを叩《たた》いて、細かく切ったしその葉とささみで包んで焼いてみた。

何も言わずにただ俺の手元を見ていた智也さんが、こっそりとため息のように息を吐《は》く。だけどすぐ、それをごまかすかのようにして煙草《たばこ》を銜《くわ》えた。

「……ふぅ」

強がってはいるけれど、兄貴にふられて本当のところはかなり落ち込んでいるんだろう。

ふられた相手の家に居座って、その弟をえさにおびき寄せようとするぐらいだから、執着《しゅうちゃく》は相当のものだ。俺としては迷惑《めいわく》な話だけど、ふられて辛《つら》い気持ちは分かる。

「智也さん、この家どんぶりとかある？」

俺はみそ汁の火を止めながら、智也さんに聞いてみた。この家の中のことを智也さんが分かるとは思えなかったけれど、とりあえず俺より先にここに住み着いていることは間違いないし。

すると、すぐに返事がきた。

「右上の棚《たな》」

俺は言われた通り頭の上にある棚を開けて、そこにあった黒塗《くろぬ》りのどんぶりを二つ取りだした。厚手のどんぶりは、見た目すごく高価な物のように見える。

「高そうですね。こんなの兄貴は買いそうにないのに」

「俺の」

「智也さんの？　こういうの好きなんですか？」

というか、何で智也さんの買った物が兄貴の家にあるわけ？　部屋も兄貴とは別に確保してるみたいだし、やっぱり一緒《いっしょ》に住んでたりしたんだろうか？

「ただの衝動《しょうどう》買いだ」

智也さんは何でもないことのように応えた。だから俺も深くは追及しない。だからまた沈黙《ちんもく》が訪《おとず》れてしまう。

盛りつけをしている間も、智也さんはやっぱりカウンターから動こうともせずに煙草を吸っていた。

それにしても、何でこの人ずっとここにいるんだ？　昨日みたいにリビングでテレビでも見てればいいのに、そんなに料理しているのを見るのが珍《めずら》しいんだろうか？

もしかしてよっぽど腹が減っていて、無言の圧力で俺を急《せ》かしているとか？　だったらちょっとくらい、手伝ったりしてくれないだろうか。

「あの……これ、テーブルに運んで貰《もら》えますか？」

迷いながら言ってみると、お椀《わん》に盛ったみそ汁を二つカウンターに置くと、智也さんは黙ってそれをダイニングテーブルに運んでくれた。「何で俺が」とか文句でも言われるかと思った俺は、ちょっと意外な気がしてしまう。

「他《ほか》は？」

お椀をテーブルに置いて戻《もど》ってきた智也さんが、急かすように聞いてくる。

「あ、じゃあ…これも」

言葉に甘えて俺は盛りつけたばかりの二人分の海鮮丼をカウンターに置く。するとまた、智也さんはテーブルへと運んでくれた。

――もしかして、手伝おうとしてくれてたのか……？

「まさかな……」

ふと浮《う》かんだ考えを、俺は呟《つぶや》くことでかき消す。まさかあの智也さんが、そんな親切なことをしてくれようとしてるなんて有り得ない。きっと腹が減ってただけに決まってる。

「ウーロン茶でいいですよね。あと、これささみの梅しそ包み焼きです」

テーブルに取り皿を置いて、ウーロン茶をコップに注《つ》いで出来上がり。今日の献立は海鮮丼とみそ汁とささみの梅しそ包み焼きの三品。

海鮮丼は、刻んだのりを敷《し》いてその上をイカやマグロ、ホタテやタコ、ハマチの刺身《さしみ》でご飯が見えないほどに埋《う》めて、中央には刻んだしそとわさびを載《の》せてある。

こんな高そうな器《うつわ》にスーパーの特売品で作った海鮮丼なんか盛りつけたら罰《ばち》が当たりそうな気がしたけれど、器のお陰《かげ》か出来上がってみるとなんだかとても美味《うま》そうに見えた。一人暮らし（？）の学生にしては豪華《ごうか》な夕飯だ。

「いただきます」

緊張《きんちょう》のせいで腹の減っていた俺は、席に着くと智也さんの反応も見ずにとりあえず海鮮丼をがっついた。だけど黙々と食べていた俺の耳に、ふいに智也さんの声が聞こえてきた。

「うまい」

「……え？」

空耳かと思って箸《はし》を止めて顔を上げると、智也さんは恥《は》ずかしいのか、少しすねたような表情で繰《く》り返した。

「……うまいって言ったんだよ」

――やばい……うれしくて思わず顔がゆるんでしまった。

自分の飯を褒《ほ》めて貰えるのは好きだ。

そんな風に言ってもらえると、作った甲斐がある。

「よ、良かったです」

それに、こんな簡単な物でも顔を赤らめながら褒めて貰ったりすると、次はもっと頑張《がんば》ろうと思ってしまうじゃないか。

「お前、明日もまた作るか？」

「サークルがきつかったら無理かもしれませんけど、どうしてですか？」

「お前が作るなら、明日も食わないでおこうと思っただけだ」

つまりそれは「作るなら待ってる」ってことだろうか？

ダメだ…そんなことを言われたら、なんか絶対に作ってしまいそうな気がする。

「…作れそうだったら、作りますんで」

それだけ言うと、俺は飯を食べることだけに集中した。そうでもしないと、なんだか分からないけれど、俺まで顔が赤くなって来そうな気がしたんだ。

結局、智也さんは用意した夕飯を全部綺麗《きれい》に食べ切った。

ご飯のお代わりはなかったけれど、残っていたみそ汁《しる》は、鍋が空になるまでお代わりをしていた。あさりと豆腐《とうふ》とネギの簡単なみそ汁のどこがそんなに良かったのか不思議に思ったけれど、残さず食べて貰えたのは嬉《うれ》しかった。

「久しぶりにちゃんとした物食べた」

食べ終わると智也さんはそう言って、リビングの横にある部屋に入っていった。俺は食器を片づけてから、その向かい側にある昨日寝《ね》た部屋に入る。

この部屋は、どっから見ても兄貴の部屋だ。

ギター、スノーボード、油絵セット、サックス、ミシン等々。床《ゆか》は足の踏《ふ》み場もなく物が置かれている。おまけに積み重ねていたらしきマンガ本は、土砂崩《どしゃくず》れを起こしていて、すべてにうっすらと埃《ほこり》が積もっている有様。

「ごちそうさん」

飽《あ》きっぽい兄貴の性格を表した、恐《おそ》ろしく統一感のない、趣味《しゅみ》が散乱した部屋。片づけられない女たちの男バージョンだ。

「相変わらず、泥棒《どろぼう》が入った後みたいな部屋だな…」

昨日は気疲《きづか》れしていて部屋にまで注意がいかなかったが、改めて見回してみると、かなりひどい。

唯一《ゆいいつ》ベッドの上だけは物が置かれていないが、昨日はそこにすら服が散らばっていた。今は俺に蹴落《けお》とされて、ベッドの脇《わき》でくしゃくしゃになっているけれど。

「はぁ……」

さすがの俺も、兄貴のこの散らかりきった部屋を片づける気にはなれない。そもそも収納のためのラックとか、ボックスとかが全く部屋にないのがおかしいと思う。

「最初から片づけることなんて、全然考えてねぇんだから」

兄貴は新しい物好きな上に、飽きっぽい。

何にでも興味を示し、挑戦《ちょうせん》するところは長所かもしれないが、それが少しも長続きしないところは短所だ。ちなみに恋愛《れんあい》関係に関しても、同じことが当てはまる。

「ま、恋愛に関しちゃ学習能力もないか…」

だから今回も、綺麗に相手と別れることができていないんだ。

俺は今日何度目か分からないため息を吐《つ》くと、着替《きが》えを持って浴室へと向かうことにした。

きっと、疲れているから余計なことを考えるんだ。だったら、さっさと風呂《ふろ》に入って疲れを取って寝てしまおう。寝てしまえば、この部屋の惨状《さんじょう》も気にならない。

「……風呂、借ります」

誰《だれ》もいないリビングに向かってとりあえず声をかけてから、俺は浴室に続く洗面所の扉《とびら》を開ける。そして洗面台の横にある洗濯機《せんたくき》に着ていた服を放《ほう》り込むと、さっさと浴室へと入った。

湯をためるのは面倒《めんどう》だし、今日はもうシャワーだけにしておこう。

そう思って温度調節をしてからシャワーのコックを捻《ひね》ると、程《ほど》よい水圧の湯が俺の体に降り注ぎ始めた。

「…っ」

ふいに痛みを感じてそこを見ると、さっきの奴《やつ》らに蹴られた腹の辺りに、痛々しげな青痣《あおあざ》が出来ていた。まるで要領の悪さが形になって残っているようで、見ているだけで落ち込む…というか、疲れてくる。

だけど疲れと言っても、昨日ほどの疲労《ひろう》感はない。

「ま、今日の方がちょっと楽かな…」

人間、肉体的な疲労より精神的な疲労の方が、苦痛だと思う。

今日は智也さんといても、昨日ほど気疲れしなかった。確かに元恋人《こいびと》の家に居座るような非常識な人だけど、本質的には悪い人じゃないような気がし始めたからかもしれない。

考えてから、俺は思わず苦笑《くしょう》した。

「本質的には悪い人じゃないなんて、知り合ってから二日で出すような結論じゃないな」

正直、本質どころか、俺は智也さんのことは上辺すらまだよく分かってない。

兄貴とどういう付き合いをしてきたのかも、何をしている人なのかも知らない。

確かに、結論を出すにはまだ早すぎる。

だけどどうしても、俺には智也さんが悪い人には思えなくなり始めていた。

さっきは俺のこと助けてくれたし、飯の用意も文句言わずに手伝ってくれた。おまけに、作った飯を褒めてくれもした。

顔をちょっと赤らめて、照れ隠《かく》しするみたいにぶっきらぼうに「うまい」って……。

「そう言えば……」

助けて貰《もら》ったお礼を、結局言えてない。

さっさと風呂から上がって、寝る前に一言でも言っておこう。そうじゃないと、何となく俺の気が済まない。

俺は急いで体を洗うと、シャワーを止める。その瞬間《しゅんかん》、曇《くも》った鏡に映る自分の顔がチラリと目に入った。

兄貴の面影《おもかげ》のカケラもない自分の顔。

「……やっぱり、兄貴とは全く似てないよな」

中学をすぎた頃《ころ》から、俺は兄貴よりも年上に見られることが多くなった。身長も兄貴を軽々と越《こ》したし、顔も似通っている点を見つける方が難しくなって、外見で俺たちが兄弟だと気づくのが難しくなった。

辛《かろ》うじて小さい頃は似ていたらしいけれど、それでも性格はその頃から真逆だったらしい。束縛《そくばく》を嫌《きら》って自由を好む兄貴と、何事にも慎重《しんちょう》で石橋を叩《たた》きまくる俺。

智也さんは面倒な相手に恋したものだと思う。

兄貴は追われれば追われるほど、逃《に》げるタイプだ。感情のままに動くから、面倒な話し合いとかは大嫌い。きっと今も、智也さんが追っていることを知っていて逃げているに決まってる。

「本当、厄介《やっかい》な兄貴だな……」

少しだけ同情しながら浴室を出た俺は、部屋に戻《もど》る前、智也さんがいる部屋のドアを遠慮《えんりょ》がちにノックしてみた。だけど、返事はない。

「智也さん？」

もしかしたら寝てしまったんだろうか？　さすがに遅《おそ》すぎたかもしれない。

「あの…助けてもらって、ありがとうございました」

聞いているのかどうか分からなかったが、とりあえず言ってみる。

すると、立ち去ろうとした俺の耳に、小さく「ああ」と智也さんの声が聞こえた。

だから俺は、やっぱり智也さんは悪い人じゃない気がする——と、再度そう思ったのだ。

俺と智也さんの奇妙《きみょう》な同居生活も、今日で四日目。

サークルが終わって仲のいい奴らと牛丼《ぎゅうどん》屋に行こうと話をしていた俺は、帰りがけに正門で兄貴の姿を見つけた。路上駐車《ちゅうしゃ》した車の横で、兄貴は俺に小さく手を振《ふ》っている。

「なんだよ、秋人の彼女かよ。すげー可愛《かわい》いな」

「今度、秋人の主催《しゅさい》で彼女の友達と合コンしようぜ！」

——合コンって…。

「あれ、兄貴だから」

「へ？」

俺の言葉に、周囲の奴らが何を言われたのか分からず惚《ほう》けている。だけどその連中も、兄貴に近づいてようやく納得《なっとく》したらしい。

兄貴は細身の体形だが、背も低くないし服装も女らしいわけじゃない。性格からは想像も出来ないくらい優《やさ》しげな顔立ちをしているけれど、近づけば女と見間違《みまちが》えられることはない。なのに、どうしてか未《いま》だに女の子に間違えられたり、仕舞《しま》いには男でもいいなんて言い出す奴まで出てきたりするのだ。

「マジか？」

「なんだ…」

口々に呟《つぶや》かれる声は落胆《らくたん》なんだか、驚《おどろ》きなんだか。

「ごめん、今日は帰る。また今度誘《さそ》ってくれよ」

「あ、ああ、じゃあな」

そう返事をしつつも、兄貴のことを「でも可愛いよな？」とこそこそ言い合っている友達の声は、あえて聞かなかったことにする。

「友達いいのか？」

「平気」

兄貴は、自販機《じはんき》で買ったばかりの冷えたコーラを差し出した。のどが渇《かわ》いていた俺は、それをありがたくもらう。

キンと冷えていて、炭酸がのどに痛いくらいだったが、それがかえって気持ちいい。

「…………」

少しの間の沈黙《ちんもく》。そして、人気《ひとけ》のない正門前でコーラを半分近く飲み終わる頃、兄貴が突然《とつぜん》頭を下げた。

「いろいろゴメン！」

「……まったくだよ」

ぐったりしながら俺は応《こた》える。

兄貴は俺の声に怒気《どき》がないと知ると、いつも通りの顔でへらへらと笑った。

「でも、無事みたいで良かったよ」

「無事って…」

相変わらず適当なことを言うな、この人は……。

「だって俺、帰るとまずいんだよ。絶対に殴《なぐ》られる」

「一発ぐらい殴られてもいいんじゃないか？　それで兄貴が懲《こ》りるなら、二発でもいいぐらいだ」

「痛そうで嫌《いや》だなぁ」

兄貴は本当に嫌そうな顔で、眉《まゆ》をひそめた。

痛いとか嫌だとかいう問題じゃないんだけど、やっぱり兄貴には嫌みも通じない。

「じゃあ、そんな相手と付き合うなよ」

「だって知らなかったんだよ。智也が元チーマーの頭《ヘッド》だったなんて。結構大きなチームでさ、名前聞いた時はかなり驚いた」

「マジかよ……」

道理で威圧《いあつ》感が並大抵《なみたいてい》じゃないわけだ。元チーマーの頭ってくらいなら、喧嘩《けんか》が強いのも納得がいく。

ってことは、智也さんってヤクザだったりするのかな？

朝も夜も家に居たみたいだから何の仕事やってる人なんだろう、とは思ってたけど、ヤクザが職業だっていうなら納得がいく。チーマーからそっち方面に進む奴は多いって聞くし…。

「あの外見だし、さすがに付き合う前はそんなに怖《こわ》い相手だと思ってなかったからさ。いつも通り別れられると思ったんだけど、なんか上手《うま》くいかなくて困ってるんだ」

兄貴は「何でかなぁ」なんて言いながら、ため息を吐《つ》いている。

だけどその表情からは、全く懲りた様子は感じられない。

「付き合う前って、今回は知り合ってから付き合うまでどれぐらいだったんだよ」

「確か四時間もなかったかな。うち二時間はベッドの中」

「……最低」

「あ、痛いなその言葉」

そんなことを言っても、ちっとも痛がっているようには見えない。

「いろいろ、ごめんな」

兄貴はそう言って、今度は本当に申し訳なさそうな顔で少しだけ笑った。

……結局、俺は昔から兄貴のことを本気で怒《おこ》れないのだ。どんなに迷惑《めいわく》をかけられても、こんな風に謝られてしまうと、最後には兄貴を許してしまう。

「なんでもいいから、早く帰ってきて智也さんとケリつけろよ」

ため息を吐きながら俺が言うと、兄貴は上目遣《うわめづか》いで俺を見た。

「……それは、ちょっと無理」

「なんで？」

「こっちはこっちで泥沼《どろぬま》だからさー」

「はぁ⁉」

こっちって、どっちだ⁉

「今の男が問題ありで、そいつの処理でいっぱいいっぱいなんだよね。さすがに智也までは手が回らないってゆーかさ」

——こいつ……やっぱり全然懲りてない。

「兄貴、本当に何考えてるわけ⁉　また相手は男かよ⁉　つーか、大学生ってそんなに恋愛《れんあい》にかまけてていいのかよ⁉」

「大学は適当に行ってるから大丈夫《だいじょうぶ》。それに、最近は女の子と付き合うより、男と付き合う方が楽なんだよ」

珍《めずら》しく俺が声を荒《あら》らげたって言うのに、兄貴は何でもないことのように飄々《ひょうひょう》と応えた。

何が楽なのかなんか、聞きたくない。でも何となく想像は出来る。

それより、この人に感情的になったって無駄《むだ》だって分かっているのに、怒鳴《どな》るなんて何をやってるんだ俺は。

俺は咳払《せきばら》いを一つしてから、気持ちを落ち着かせた。

「……で、今度の相手はどんな奴《やつ》なわけ？」

聞きたくないが、心の準備のために一応聞いておこうと思った。

「エリートサラリーマン。別に付き合ってるわけじゃなくて、一回寝《ね》ただけなんだけど、それ以来つきまとわれて困ってるんだよね」

「ストーカーって奴？」

「そんな感じ。あ、いっそのこと智也ぶつけてみようかな」

「………………」

弟まで巻き込んでるのに、こいつはちっとも反省してない。というか、きっとこうやって同じ轍《てつ》を際限無く踏《ふ》んでいくんだ、この男は。

改めてそう思った時だった。

「――木崎だったら、キレて相手殺しちゃうんじゃない？」

兄貴の背後に停《と》まっていた車の中から、笑いを含《ふく》んだ声が聞こえてきた。

見ると運転席側に、猫《ねこ》みたいにでかくてつり上がった目と、ゆるいウェーブのかかった茶色の髪《かみ》をした「可愛い」外見の人物がこちらの様子を窺《うかが》っている。

兄貴よりも中性的で、兄貴よりも「可愛い」といった言葉が当てはまる、まるきり女の子みたいなフワフワした雰囲気《ふんいき》。

――女の子、じゃないよな。

「智也はそこまでしないよ」

智也さんのことを木崎と言ったということは、この人も智也さんの知り合いなのだろうか？

俺がじっと見ていると兄貴は「ああ、紹介《しょうかい》するよ」と言った。

「今、一緒《いっしょ》に住んでる山城祐介《やましろゆうすけ》」

……住んでる……？

「住んでるっていうよりも、パラサイト的に居候《いそうろう》されてるだけだよ」

兄貴の言葉を補足するようにして、そいつが言った。

今まで兄貴が付き合ってきた相手は皆《みな》、兄貴よりも男らしい連中ばかりだったが、目の前の奴はそれとは正反対だ。兄貴と並べば、この山城って人の方が華奢《きゃしゃ》だし可愛《かわい》い……。

「違《ちが》うって、こいつは普通《ふつう》のダチ」

俺がよほど訝《いぶか》しげにじろじろ見ていたのか、兄貴は苦笑《くしょう》しながら言った。それを聞いて山城さんはクスっと笑う。

普通という言葉には引っかかりを覚えるが、兄貴は基本的に、俺に嘘吐《うそつ》くことは滅多《めった》にないし、ダチという言葉は信じられそうだ。

でも、だから良いって話でもない。

「兄貴はそれで良いかもしれないけどさ、俺はどうすればいいわけ？　あの人が出て行くまで一緒に住まなきゃいけないんだろ？」

「うーん、そうだなぁ。智也のこと親父《おやじ》たちに説明して、新しい部屋借りようか？」

「馬鹿《ばか》なこと言うなよ。そんなことしたら、親父の胃に穴が開くだろ。兄貴がまた男と付き合ってるだけでも衝撃《しょうげき》なのに、その痴話《ちわ》喧嘩に弟まで巻き込まれてるなんて、あの親父がそんな巨大《きょだい》なストレスに耐《た》えられるわけないだろ」

「風通りが良くなっていいんじゃない？　諦《あきら》めて金出してくれるかもよ」

――絶対、そんなことあるわけがない！

「今度こそ死ぬぞ。兄貴が初めて彼氏連れてきた時だって、死にそうだったんだから」

「ああ、流石《さすが》に俺もあれは失敗だったと思ってる」

大失敗だったよ…。

あれは俺が小学生の頃《ころ》だった。兄貴はいきなり自分よりも背の高い男友達を連れてきて、親父やお袋《ふくろ》をリビングに集めると、顔を赤らめて言ったのだ。

『この人が俺の恋人《こいびと》です』

あり得ないくらい堂々とそう言って、相手の手を握《にぎ》った兄貴の姿を俺は未《いま》だ鮮明《せんめい》に思い出せる。生涯《しょうがい》忘れられないくらい、あれは幼心にも衝撃的な光景だった。

兄貴の恋人も、まさか自分が恋人として紹介されるとは思ってもみなかったんだろう。しばらくの間、俺たち同様に茫然自失《ぼうぜんじしつ》の状態だったが、それでも我に返ったのは、そいつの方が早かった。

『すみませんでした！』

『あ、ちょっと待ってよ!!』

叫《さけ》びながら真っ青な顔で家を飛び出して行ったそいつを兄貴が追いかけて行ったお陰《かげ》で、静《せい》寂《じゃく》が訪《おとず》れたリビング。

『…………』

だけど、残された俺たちは言葉を失っていた。家族団欒《だんらん》の時に、テレビで濃密《のうみつ》なベッドシーンが始まってしまった時のような気まずさに、身動きも出来ない。

その沈黙《ちんもく》を破ったのは、親父だった。

『春樹は男の子だったよな？　今の子も男の子だったよな？』

震《ふる》える声で親父が言った時、俺はなぜか罪悪感に押しつぶされそうになった。

そんな気分になったのは、俺の監督《かんとく》不行き届きで兄貴があんな風になってしまった気がしたからだろう。今思えば、俺の責任なんて小指の先ほどもありはしないが。

「でもあれ以来、誰《だれ》も家に連れて行ってないじゃん」

「当たり前だろ。智也さんなんか家に連れてこられたら、今度こそ親父が死んじゃうよ」

あんな色んな意味でインパクトの強い人に、親父の神経が耐えられるとはとても思えない。

俺が疲《つか》れ切って笑った時だった。

「……お前、智也に何もされてないよな？」

兄貴が突然《とつぜん》、真剣《しんけん》な顔で俺に聞いてくる。

「何もって…なに？」

「いや、押し倒《たお》されたりとか、暴力振《ふ》るわれたりとかさ」

押し倒されたり……？

「なんで？」

「されてるようだったら、本気でなんとかしてみようと思ったんだけど」

「されてないけど、本気で何とかしてくれよ」

「ならいーや、今の相手が終わってからな。なーんか俺の付き合う相手って、みんな面倒《めんどう》な奴ばっかでさ」

「自分の傾向《けいこう》に気づいてるなら、対策を考えて行動してくれよ」

じろりと睨《にら》むと、兄貴はひょいっと肩《かた》を竦《すく》めた。

「俺としては、智也のことはとっくに決着つけたつもりだったんだけどね」

「別れようとしか言って来なかったんだろ？　それじゃ相手も納得《なっとく》できねぇよ。ちゃんと話し合って分かって貰《もら》わなきゃ、ケリつけたとは言えないんだよ」

「はいはい、よぉく分かったよ今回のことで。ほら、これ俺のバイト先」

兄貴は俺の説教を軽く流して話題を変えると、ポケットの中から四つ折りにしたメモを出して差し出してくる。青いペンで書かれた読みにくいくらいに右上がりの兄貴の字。そこには有名な全国チェーンのレンタルビデオ店の名前と住所が書かれていた。

「大学よりもバイトの方が真面目《まじめ》に通ってるからさ。智也が煩《うるさ》いようなら、教えちゃっていいよ」

「いいのかよ？」

さっきは今の男で手一杯《ていっぱい》だとか、面倒だとか散々言ってたのに。

「まあね。弟にあんまり迷惑《めいわく》かけるのもどうかと思うしさ」

兄貴はそれから再度「ごめんな」と頭を下げた。

どんなに酷《ひど》いことをされても、いつも最後には兄貴を許してしまう理由は、こういうところだと思う。どういった形であれ最後の最後には、自分で兄貴はカタを付けようとする。

変なところで正義感があるんだよな……この人は……。

「弟くん、送って行こうか？」

話が終わったのを見計らってか、山城さんが車の窓から顔を出して声を掛《か》けてきた。

「いいんですか？」

「いいよ。この間まで春樹が住んでたところでしょ？」

「そう」

俺の代わりに兄貴が答える。

送って貰うことを断る理由は特に無い。山城さんの雰囲気はなんとなく苦手だけど、兄貴と一緒なら気まずくなることはないだろうと思って、俺は礼を言いながら後部座席に乗り込んだ。助手席には兄貴が座って、運転席には山城さん。

「秋人くんは、バイトとかしてないわけ？」

「あ、はい。まだこっちに引っ越《こ》して来て四日なんで。これからボチボチ探そうかなとは思ってるんですが」

バックミラー越しに聞いてくる山城さんに素直《すなお》に応《こた》えはしたけれど、正直なところ、門限八時半とか言われている間はバイトなんか出来るわけない。バイトも合コンも、全《すべ》て智也さんのことが片づいてからだろう。

そういえばさっきこの人、智也さんを知っているようなことを言っていたよな？

「あの、山城さんと智也さんて知り合いなんですか？」

俺の言葉にバックミラーの中の山城さんは、ちょっと不機嫌《ふきげん》そうな顔を作った。

「知り合いと言えば知り合いだけどね。お互《たが》いよく行く店で、何度か喧嘩《けんか》売られてる」

「喧嘩…？」

智也さんが山城さんに喧嘩を売る様が、俺にはちょっと想像できない。

いくら何でも、見た目がこんな女の子っぽい相手に、智也さんが自分から喧嘩を売るなんてことがあるんだろうか？

「俺が智也と出会ったのもその店。祐介と智也は犬猿《けんえん》の仲なんだよ」

くすくすと笑いながら、兄貴はちらりと山城さんを見た。

「だってあいつ、いつも手当たり次第《しだい》に色んな子侍《はべ》らせて、ムカツクんだよね」

山城さんは、唇《くちびる》をとがらせながら怒《おこ》ってそう言った。

「智也さんって、やっぱりモテるんですか？」

「モテるっていうか、あれはただ節操がないだけ。穴があれば誰でもいいんだから」

「祐介、言い過ぎ」

言いたい放題の山城さんを、さすがに兄貴が窘《たしな》める。

山城さんが智也さんを嫌《きら》いだってことは分かった。けどなんとなく、好きな子の悪口を言っているような、負け惜《お》しみめいたふうに聞こえてしまうのは俺の気のせいなんだろうか？

「……もしかして山城さん、智也さんの元恋人とか？」

「…っ！」

俺の疑問に対し、山城さんは急ブレーキを踏《ふ》むことで応えた。慣性の法則に従って俺は助手席の後ろに鼻をぶつけ、兄貴はごんっと額を窓ガラスに打ち付ける。

後続の車が無かったことが幸いして、ほかの車の迷惑になるようなことはなかったけれど、これが国道だったら、追突されていてもおかしくないくらいのブレーキだ。

だけどそんなことには構わず、山城さんは可愛《かわい》い顔からは想像もつかないような形相で振り向くと、俺の目を真っ直《す》ぐ見ながら言った。

「それは、絶対に、ありえないから‼」

「じゃあ、片思いだったとかですか？」

「……空気読んでる？」

低くてドスの利《き》いた声。山城さんの額に、血管が作る怒りのマークが見えた気がした。

「祐介は智也に、狙《ねら》ってた子を取られたことがあるんだよ」

「……春樹」

暴露《ばくろ》した兄貴を山城さんは睨んだが、撤回《てっかい》するわけでもなく再び車を走らせ始めた。

「俺はあいつの『なんでも人より優《すぐ》れてます』って態度が気に入らないだけ！　しかも春樹をものにした挙げ句、今度はその弟と同棲《どうせい》なんて贅沢《ぜいたく》にもほどがあるし」

「同棲じゃなくて同居です」

どうして俺との同居が贅沢なのかが、全く分からない。そりゃ、飯を作ったりはするけれど他《ほか》に特典があるわけでもないのに。

「智也なんかとじゃなくて俺と同居した方が楽しいよ」

山城さんは、艶《つや》やかな笑《え》みをバックミラー越しに浮《う》かべて俺を見た。男だと分かっているのに、俺は一瞬《いっしゅん》どきっとしてしまう。

なんかこれって、まるで俺を誘惑《ゆうわく》してるみたいなんですが……。

「祐介には俺がいるだろ」

「ネコの同居人なんていらない」

「俺だって、どうせ同居するならタチの方がいい」

「だったら出ていけ」

——ネコ？　タチ？

訳の分からない単語が飛び交う二人の会話に入るタイミングを窺《うかが》いつつ、俺は急ブレーキに用心しながら先ほどから抱《かか》えていた疑問を口にした。

「……山城さんもホモなんですか？」

「そうだよ。ちなみに秋人くんは、モロに俺のタイプ」

「…っ⁉」

マジかよ⁉

「年下なところも硬派《こうは》っぽいルックスも、さっきから好みだなと思ってたんだよね」

「祐介、うちの子はノーマルなんで勘弁《かんべん》してやってくれ」

硬直して無言になった俺に代わって、兄貴が会話を続けてくれる。

「それを俺が教育していくのが面白《おもしろ》いんじゃん」

「…………」

そんなこと言われたって、なんて言っていいのか分からない。その後も兄貴と山城さんは会話を続けていたが、俺は固まったままマンションに着くまで口を閉《と》ざしていた。

ようやくマンションに到着《とうちゃく》した車を降りると、俺は山城さんに頭を下げた。

「送って頂いてありがとうございました」

「どーいたしまして。あのさ、マジで春樹じゃなくて秋人くんとの同居なら大歓迎《だいかんげい》だから。あいつに愛想《あいそ》つかしたらおいで」

「…………」

シャレなのかマジなのか分からないようなことを言う山城さんに応えられずにいると、兄貴が会話を終わらせてくれた。

「じゃあ秋人、何かあったら連絡《れんらく》寄越せよ？」

「分かった」

走り去る車を見送った後、俺はホッとした気分でマンションのエレベーターに乗り込んだ。

ポケットに手を入れると、先ほど兄貴から受け取ったメモ紙の感触《かんしょく》がある。渡《わた》された住所はこのマンションの最寄《もよ》りの駅からは、電車で二十分くらいで行けるところだ。

兄貴は居場所を教えてもいいと言ったけど、出来ることなら俺は、兄貴を売るようなまねはしたくない。あの智也さんと肉弾戦《にくだん》になったら、間違《まちが》いなく兄貴は瞬殺されてしまうだろう。

でも——仮にメモを渡したとして、智也さんは兄貴に会ってどうするんだろう。やり直したいと懇願《こんがん》するのか、それとも罵《ののし》り合って喧嘩をするんだろうか？

「渡していいのかなぁ……」

迷いながらもエレベーターから降りて、俺は家のドアを開ける。すると真っ暗な室内の様子に、智也さんが留守だということが分かった。

人に門限だなんだと言っておきながら、自分は自由に外出してるなんて不公平だ。

不満に思いながら電気をつけずに廊下《ろうか》にあがろうとした俺は、そこで何かに躓《つまず》いた。

「痛っ」

電気のスイッチを入れると、その正体は段ボールだった。

「なんだこれ？　朝はなかったよな？」

見ると段ボールには、運送会社の伝票が貼《は》り付けてある。

住所はここで、名義は智也さん。差出人の欄《らん》には、聞いたことのない株式会社名が書かれてあった。

一体何の会社だか知らないが、俺が住むかもしれない部屋の住所を、勝手に知らない人に教えるのは止《や》めてほしい。

って言うか、他人の住所に自分宛《あて》の荷物送らせるのってどうなんだよ？

やっぱり兄貴が帰ってきても来なくても、この部屋はさっさと解約したほうがいいのかもしれない。そうじゃないと、このまま智也さんはここに居着いてしまいそうな気がする。

だけど、出ていって貰《もら》うにしても穏便《おんびん》に話し合わないと、大学にまで押しかけて来られる危険性がある。それに携帯《けいたい》だって返して貰えてないのだ。

「厄介《やっかい》だなぁ」

だけど今更《いまさら》、実家には帰りたくない。

片道二時間かかる自宅からの通学に嫌気《いやけ》がさして、一人暮らしがしたいとわがままを言ったのは俺だ。ようやく勝ち取った親元を離《はな》れての生活なのに、それをわざわざ自分から返上するのだけはごめんだ。

「面倒《めんどう》くさい……」

苛々《いらいら》しながらシャワーを浴び終えると、俺はリビングのソファに座ってテレビをつけた。

時計の針は九時を指している。

俺は何となく腹が空《す》いて、キッチンに入った。ゴミ箱の中は今朝と変わってないし、シンクにもマグカップが残っているだけで、智也さんが何かを食べた形跡《けいせき》はない。もし外食していないのならば、智也さんはきっと腹を空かせて帰ってくるだろう。

それにここに来てからずっと、朝は智也さんが作って、夜は俺が作るのが何となく日常になっているのだ。

「別に、俺にはあの人のことなんて関係ないけど…どうせついでだし……」

一人分も二人分も大して変わらないから、智也さんの分も作っておこうかな。

俺はそう考えてから、冷蔵庫の中に残っていた野菜の使い残しと、昨日買った安いハムを適当に切って、熱したフライパンの中に冷や飯と一緒《いっしょ》に放《ほう》り込んだ。

塩と胡椒《こしょう》でご飯に多少味を付けてからキムチを入れる。仕上げに溶《と》いた卵をぐるりとかけて蓋《ふた》をすれば、キムチチャーハンの出来上がりだ。

「腹減ったな」

いい匂《にお》いに腹がぐうっと鳴る。

あと三十分待って帰ってこなかったら、先に食べてしまおう。あえて智也さんを待っているわけじゃない。ただ、飯は誰《だれ》かと一緒に食べた方が美味《うま》いと思うだけで……。

「別に、美味いって言ってくれるのが嬉《うれ》しいとかそんなんじゃないし」

そう言ってみるけれど、自分の言葉がなんだか言い訳じみて聞こえる。

ここに来てから毎日、智也さんは必ず俺が夕飯を作るのを待っていた。そして、作った物を残さず食べて、お代わりまでして、最後にぼそりと「美味い」と言ってくれるのだ。

何を作っても「美味い」と言って貰えるのは、ちょっと嬉しかったりする。

「どうしようかな…」

手持ちぶさたですることもないし、折角だから何かデザートでも作ろうか。

俺は冷蔵庫の中から餃子《ぎょうざ》の皮を見つけると、それに薄《うす》く透《す》けて見えるぐらいにスライスした林檎《りんご》とバナナを一緒に挟《はさ》んで油で揚《あ》げることにした。

智也さん甘い物食べるかな？

作り終わってからそんなことを考えていると、玄関《げんかん》でガチャリとドアが開く音がした。

「智也さん？」

出迎《でむか》えると、入ってきた智也さんの右目の上が紫色《むらさきいろ》に腫《は》れているのに気づいた。元の造りが綺麗《きれい》なだけに、それは余計に目を引く。

「な、どうしたんですか？」

今にも倒《たお》れ込みそうな智也さんの体を、俺は腕《うで》を取って慌《あわ》てて支えた。途端《とたん》、智也さんの手でコンビニの袋《ふくろ》ががさりと音を立てる。

「平気だ」

そう言いつつも、智也さんは体に力が入らないのか、俺に寄りかかるようにして部屋に上がった。シルバーのピアスがたくさん付いた形のいい智也さんの耳が、俺の目の前にある。

とりあえずリビングのソファまで運ぶと、智也さんは沈《しず》むようにしてそこへ体を預けた。

「その痣《あざ》、何があったんですか？」

どうやら傷は額だけではないようだ。表情や態度から、服の下の見えない部分にも傷があることが分かる。

元チーマーの頭《ヘッド》で、おまけにあんなに喧嘩《けんか》が強い智也さんがケガをするなんて、よっぽどのことだと思う。一体、何があったらこんなことになるんだろう？

「この前の奴《やつ》らだよ。得物持ってたから、さすがに全部避《よ》けるの無理だった」

「得物、ですか？」

「ナイフと鉄パイプ。バイクにも乗ってたから、囲まれてちょっと不利だった」

「ナイフ…」

呆然《ぼうぜん》とした俺に、智也さんは苦笑《くしょう》する。

「脅《おど》し用だ。実際はびびって使えてなかったぜ？」

「本当に大丈夫《だいじょうぶ》なんですか？」

この前の奴らというのが、以前コンビニで女の子たちを囲んでいた奴らだというのは、すぐに分かった。

俺がもし山城さんの車に乗らずに、いつも通り電車で帰ってきてたら、その場に遭遇《そうぐう》することが出来ただろうか。そうしたら、少しでも智也さんを傷つけずにすんだかもしれないのに。

「ガキにヤラれるほどヤワじゃない。平気だって言ってるだろ」

俺がよほど心配そうな顔をしていたのか、智也さんは口元だけ小さく笑って見せた。

「それより腹減った」

「あ、飯の用意出来てます」

そう言って慌ててキッチンに戻《もど》ると、俺は飯を温め直した。だけどソファのローテーブルに皿を運んでいる途中から、今度はそいつらに対する怒《いか》りがふつふつと湧《わ》いてくる。

「額だけじゃなく、他《ほか》のところもそんなにひどいんですか？」

「これは鉄パイプ。他のところは別に大したことねぇよ。ただ五人相手だったから、ちょっとキツかっただけだ」

智也さんは、やっぱり何でもないことのようにそう言った。

この間の奴らが智也さんに仕返しなんかするなんて、考えてもみなかった。奴らのことは勿《もち》論《ろん》ムカツクけれど、本当は標的になるはずだったのは俺なのに、何で智也さんに……。

「……俺のせいですよね。すみませんでした」

「お前の？　なんで？」

「だってこの前、俺を助けたせいで…」

「は、バカじゃねぇの？　やめろよ、気持ち悪い」

ぶっきらぼうにそう言うと、智也さんは怒《おこ》ってプイッと横を向いてしまった。とはいえ、ちょっとだけ耳が赤くなったように見えたから、もしかしたら照れてるのかもしれない。

言葉は乱暴だけど、智也さんはやっぱりいい人な気がするんだよな。

「智也さん、額だけでも氷で冷やした方がいいですよ」

俺は冷凍庫《れいとうこ》から氷を出すと、少量の水とともにビニールに入れて簡単な氷嚢《ひょうのう》を作った。それを薄手《うすで》のタオルで巻いて智也さんに渡《わた》す。

智也さんは「大げさすぎなんだよ」と強気なことを言っていたが、額に当てるとそれだけでも痛いのか、先ほどのようにまた顔を顰《しか》めていた。

しばらくそうしていた智也さんは、ふいに氷嚢を床《ゆか》の上に置いてテーブルの上の飯を見た。

「お前いろいろ作れるのな」

「まぁ、家庭料理レベルですけど」

「お前の彼女は大変だな。男の方が料理上手《うま》いと、作り甲斐《がい》ないんじゃねーの？」

「そうですかね？」

確かに過去付き合った女の子たちは、ことあるごとに弁当やら手料理やらを食べさせてくれたが、俺の飯を食べてからは自分から作ってくれることがなくなった。

俺としては作ってくれるだけでも嬉しいから、正直言って味は二の次なのだが、女の子のプライドがそれを許さないらしい。色々と複雑だ。

「美味いけど、辛《から》い」

そう言って智也さんは、冷蔵庫からミネラルウォーターのペットボトルを持ってくると、歩きながらそれに口を付けた。一・五リットルを片手で持ってごくりと飲むと、口を手の甲《こう》でぬぐう。顔の繊細《せんさい》さに比べていつも思うが、やることは大雑把《おおざっぱ》だ。

一応卵を入れたことで味をまろやかにしたつもりだったが、足りなかったのか……。

「そう言えば、あいつらって智也さんのこと待ち伏《ぶ》せしてたんですかね？　俺が昨日、コンビニの前通った時は誰もいませんでしたよ？」

「お前、昨日は早めに帰ってきたじゃん」

「あ」

俺は時計を見る。さっき智也さんが帰ってきた時間は、そういえばこの間、俺が絡《から》まれた時間帯と同じだ。

「前回のこと忘れてふらふら煙草《たばこ》買いに行った俺も、相当間《ま》抜《ぬ》けだけどな」

「煙草って、あれもう無くなったんですか？」

確かあの時、コンビニで一カートンは買ってたはずなのに。

「仕事中はずっと吸ってるからな。まとめ買いしてもいいんだけど、気分転換《てんかん》にたまには外に行きたいから一カートンずつしか買わない」

一カートンだけでも十分まとめ買いだと思うけれど、それより仕事って……智也さんってヤクザかフリーターじゃなかったのか？

不思議に思って聞いてみようとしたが、先に智也さんが言葉を続けてしまった。

「ま、もうあいつらも、待ち伏せなんかしようと思わないだろ」

自信満々な様子で、智也さんはそう言った。

「え？」

「二度とそんな気が起こらないように徹底的《てってい》にやったから」

「徹底的に、ですか？」

おそるおそる聞くと、場にそぐわないような穏《おだ》やかな微笑《ほほえ》みを返される。

「ああ。教育的指導の範囲《はんい》でな」

「はは…」

俺はもう苦笑いを返すことしかできなかった。徹底的ってことは、自分のケガ以上のことを相手にしてきたんだろうと思うと、恐《おそ》ろしくて仕方ない。だからとりあえず、飯を食うことに集中することにした。

「あー美味《うま》かった」

「よかったです。あ、そうだ」

智也さんがチャーハンを食べ終わるのを見計らって、俺は冷凍庫の中からカップアイスを出した。そして少し深めのスプーンで綺麗《きれい》に丸くくりぬくと、陶器《とうき》の小鉢《こばち》の中に入れて、さっき作った包み揚《あ》げに添《そ》える。

「デザートです。アイスも一緒《いっしょ》にどうぞ」

「ラビオリ？」

空いた二人分のチャーハンの皿をシンクに下げた後、その小鉢をテーブルに置くと、智也さんは不思議そうにそれをスプーンの先で掬《すく》って口に運んだ。

「美味い！」

途端、今まで聞いた中でも一番うれしそうにそう言う。「まだありますよ」と言うと、智也さんは目を輝《かがや》かせてキッチンに取りに行った。

――口に合ってよかった。

なんだかほっとしてる自分がおかしくて、俺は小さく笑ってしまう。

こんなこといちいち気にするなんて、今まで俺に弁当を作ってきてくれた女の子たちと一緒じゃないか。男相手にこんなに気を遣《つか》うなんて――変だよな？

「ビールもついでに買ってきたんだ。飲むだろ？」

さっき手にしていたコンビニの袋《ふくろ》とアイスを片手に、智也さんがリビングに戻ってくる。

「お前、何が好きか分からないからいろいろ買ってきた」

「俺の分まで買ってきてくれたんですか？」

「だってお前、俺の分まで飯作るじゃん。俺が何もしないのってアレだし」

アレってなんだ？　悪いと思ってくれてるってことだろうか？

「酒は好きなんですけど、弱いし酒癖《さけぐせ》悪いですよ」

「酒癖？　どうなるんだ？」

スプーンを銜《くわ》えたまま智也さんは冷蔵庫から口の開いたワインを持ってくると、グラスなんてなしにコルクを歯で抜いて口を付けた。さっきのペットボトルと同じで、ずいぶん豪快《ごうかい》だ。

「女の子に絡みまくるらしいです」

　正確には、誰彼《だれ》構わず近くにいた女の子を口説き落とす。自分ではそんなによく覚えてないが、酔《よ》ってる時は百発百中で口説き落としている、らしい。

「らしいって、覚えてないのか？」

「…はい」

　――これは嘘《うそ》。

　覚えてないふりをしてるだけ。正直、どんなに酔っても記憶《きおく》が飛ぶことは滅多《めった》にない。

　ただ、酔うとあんまりにも恥《は》ずかしいことを言ったり、自分でも不思議なぐらいに強引《ごういん》になったりしているので、覚えていたくないのだ。

　それに翌朝隣《となり》に見知らぬ女の子が裸《はだか》で寝《ね》てた、なんていうシチュエーションもそうめずらしくもないため、目覚めた時に覚えてないふりをするのが一番の逃《に》げ道だったりする。

「ふぅん」

　智也さんはデザートを完食すると、まだ食べたりなそうにスプーンをぺろりと嘗《な》めた。なんだか猫《ねこ》みたいな動作だ。

「ま、今日は女いないんだし問題ないだろ？」

　言いながら、智也さんは俺に袋の中から適当に取った缶《かん》ビールを一つ手渡す。

　勧《すす》められた酒は断れない。この人は額に俺のせいでケガを負って、そのやけ酒ならば俺は付き合う義務がある。

それに智也さんが言う通り、女がいないなら大丈夫《だいじょうぶ》だろう。智也さんは男だ。いくら俺でも、自分と似たような体格の男を口説きたいとは思わないはずだ。

「いただきます」

プルトップを開けて、ぐいっと苦い炭酸を喉《のど》の奥に流し込む。

いつまでたってもビールはあまり好きになれない。飲み会の席では嫌《きら》いだというと、よけいに飲まされるから付き合い程度は飲むようにしている。だから飲めないことはないけど、自分から率先《そっせん》して飲むことはない。

それに、いつも飲むのは口当たりの良いチューハイやフルーティなワインばかり。日本酒もダメだし、焼酎《しょうちゅう》もあまり好きじゃない。酒の好みはまるきり女の子と同じで、それを知ってる友人にはよくからかわれる。

俺は嫌《いや》な物はさっさと飲み干してしまおうと、一気飲みに近い状態でそれを空にした。

「まだいけるだろ？　好きなの飲んでいいぞ。ほら」

「ありがとうございます…」

今更《いまさら》だけど俺が未成年だってこと、この人は全く頭にないんだろうな……。

手渡された袋の中にはチューハイもあって、俺は迷わずそれを手に取った。

智也さんはワインを飲みながら、溶けたせいで少し水かさの増した氷嚢《ひょうのう》を面倒《めんどう》くさそうに当てては離《はな》し離しては当てている。

「湿布《しっぷ》も持ってますよ。テニスでよくコールドスプレーとかも使うんで、よかったら持ってきましょうか？」

「大げさだって。俺よりもあいつらの方がよっぽどひどいことになってる。バイクから引きずりおろしてやった奴《やつ》なんか、骨でも折れてんじゃないのか？」

――やっぱりバイオレンスな人だ。

そういえば俺との出会いからして、そもそもバイオレンスだったっけ。

「智也さん強いですよね。格闘技《かくとうぎ》とかやってたんですか？」

「やってない。俺、中学の時いじめられてたんだよ。で、体鍛《きた》えて自己流で格闘技の教材とか医学書見て研究して、それでだんだん勝てるようになった」

医学書と格闘技の教材を研究するだけで、そんなんで本当に強くなれるのか？

というか……。

「あの、いじめられてたんですか？」

そっちの方が驚《おどろ》きだ。

小さい頃《ころ》からガキ大将のように生きてきたと思っていた。いじめられっ子というよりはどう考えても、典型的ないじめっ子のような感じがする。

俺の想像力では、いじめられる智也さんなんか絶対に想像できない。

「俺、頭良かったから」

「え!?」

あまりにも予想外な言葉に、俺は思わず表情を取り繕《つくろ》うのも忘れてしまう。あからさまに驚いた俺を見て、智也さんは不満げな表情を作った。

「失礼な奴だな。俺、大学は入学式でも卒業式でも総代だぜ？」

「大卒だったんですか!?」

しかも総代ってことは、もしかして学年トップ!?

「……お前腹立つな」

「何学部だったんですか？　まさか教育学部とかじゃないですよね？」

智也さんは、じろりと俺を睨《にら》む。

「理学部物理学科。一応理科と数学の教員免許《めんきょ》は持ってるけどな」

「ってことは、教育実習行ったんですか」

スーツを着て黒板の前に立つ智也さんの姿を思い浮《う》かべようとしたけれど、上手《うま》くいかない。

「でも、智也さん教師じゃないですよね？　そういえば、仕事は何をしてるんですか？」

「パソコン系だよ。玄関《げんかん》に荷物が届いてただろ？　あれが俺の仕事」

「あれ、ですか」

想像が付かない。パソコン系って…打ち込みとか？

「フリーのゲームプログラマー兼《けん》プランナー。手がけてるのはゲームだけじゃないけど、最近の仕事は主にそれだな。この世界は長いから名前は売れてるけど、独立したのは最近。ちなみに、今日届いたのは契約《けいやく》先が送ってきた次回作の資料」

「へぇ…」

ゲームプログラマーか。フリーターとかヤクザとか勝手に想像していたけれど、全く違《ちが》ったんだな。だから毎日、智也さんは家にいたんだ。

ようやく納得《なっとく》できたけれど、独立だの契約先だの、智也さんって兄貴と同じ歳《とし》くらいじゃなかったのか？

「智也さんって、歳はいくつなんですか？」

「来月で二十四」

「え⁉」

六歳上？　十八歳の俺からすると結構上だ。

「大学の時にｗｅｂゲームのプログラミングで賞取ってから本格的に活動してるけど、その前もネット上のオープンソースとして無料でゲームやＣＧＩは配布してたんだ。だから歳の割には長い」

俺もパソコンはある程度は使えるので何を言っているのかぐらいは理解できるが、具体的にゲームのプログラミングがどういったものなのかはよく知らない。

プログラマーって、あのC言語やセンター試験の数学の選択《せんたく》で出たプログラミングの計算問題を使いこなせる人たちのことだよな？

「でも仕事してるとこ見たことないです」

「毎日してる。作業は主に部屋でやってるけど、今日も昨日も契約先の会社と打ち合わせしてきたし。お前が知らないだけ」

そうだったんだ……。てっきり兄貴を待って、家でうだうだしているだけだと思っていた。

この人本当に奥が深い。今日は予想外なことばかり聞かされてる気がする。

「月収はいくらぐらいなんですか？」

下世話と知りつつも、やっぱり一番興味があるのはそこだ。

智也さんはいつの間にかワインを飲み干して、ビールを開けている。俺もつられるようにして、新しい缶に手を伸《の》ばした。

「月給制じゃないからわかんねー。でも、気分転換《てんかん》のデイトレも入れれば結構儲《もう》けてる方だとは思うけど。ま、本業だけでも一生金には困ることないだろうな。俺、才能あるし」

「すごい自信家ですね」

だけどこの人の場合は、自慢《じまん》してるというよりは事実を淡々《たんたん》と言葉にしているという感じがする。自分のことなのに、まるで自分のことじゃないみたいだ。

「……昔からそんな感じだったんですか？」

「まあな。家は金持ちで頭も良くて顔も良くて女にもてたから、相当妬《ねた》まれてたぜ？」

智也さんはまた、他人のことでも話すかのような感じでそう言って笑った。その笑い方がなんだかちょっと寂《さび》しそうに見えて、俺は微妙《びみょう》な気持ちになった。

何でこの人は、こんな顔で自分のことを話すんだろう？

「昔は俺より成績の悪い奴らは皆《みな》、俺より人間的価値が低いと思ってたから、今より恨《うら》まれてただろうな。いじめられたのも、その頃が一番酷《ひど》かったし。だから、そんな奴らに負けてたまるかって感じで、喧嘩《けんか》も勉強したんだけどさ」

なんだか智也さんをいじめた奴らの気持ちが、分からないでもなくなってきた。俺は相づちを打ちながら、今度はビールに手を伸ばす。

「勉強と同じで、努力したらその分だけ強くなれるのが面白《おもしろ》くて、気がつけば喧嘩することにはまってたな。そのうち仲間が増えて、気づけばいつの間にかチームになってた」

言いながらも、智也さんはまた新しい缶《かん》ビールに手を伸ばしている。

俺はだんだんと頭の奥がぼやっとしてくるのを感じていた。四〜五本は飲んでいるから、さすがに俺も酔《よ》い始めているんだと思う。

「俺のチームの傘下《さんか》に入りたいってチームもあって、どんどん巨大化《きょだい》していったよ。小さい頃から手に入らないものなんて無かったけど、チーマーやってた時が一番なんでも手に入った。俺と付き合いたいって言う奴はごまんといて、俺は毎日服を着替《きが》えるみたいにしてそいつらと付き合ってた。切り捨てるのはいつも俺からで、だから――」

　智也さんも少し酔ってきたようだ。話し方も歯切れが悪くなり始めているし、額に当てた氷嚢も話してる最中に何度か落としている。

「まさか、俺がフラれるなんて想像もしなかったんだ……」

「それは、すごい自信ですね…」

「俺にフラれる要素なんてねぇもん。欠点があるなら言ってみろよ」

　それだ、あんたの欠点は。

「自信過剰《かじょう》で、暴力的で、強引《ごういん》なとこ……」

　元恋人《こいびと》の家に居座るようなところも、フラれる要素だと思う。

「それがフラれる要因だったって言いたいのかよ」

　俺がぽつりと言うと、智也さんはすぐさま突《つ》っかかってきた。

　――やばい、酔い始めてる気がする。普段《ふだん》の俺ならこんな不注意なことを言うわけがない。

　さすがに言い過ぎてしまったかと思ったけれど、酔い始めた頭に理性は働かない。俺は、どうせだから全部言ってしまおうと思い、撤回《てっかい》せずに言葉を続けてしまった。

「智也さんって、友達はいるんですか？」

「はっ、俺が呼べば何人でもすぐに集まる」

　鼻で笑って智也さんが言う。虚勢《きょせい》張ってるのはなんとなく分かった。

「舎弟《しやてい》とかじゃないですよ。友達ですよ」

「……いるって言ってんだろ」

智也さんは嫌《いや》そうに顔をしかめてから、自分が今まで飲んでいたビールの空き缶をペキッと手の中で丸めて、ポイっと床《ゆか》に捨てる。

「ダチが少ないのが俺の欠点だって言いたいわけか」

「どっちかっていうと、どうしてダチが少ないのか……です」

「つまり？」

――怒《おこ》ってるな。

威圧《いあつ》的な智也さんの声音《こわね》が、それを物語っている。

だけど怖《こわ》いとは感じなかった。多分、アルコールのせいで危機感が麻痺《まひ》しているんだろう。

「利害関係なしで人と付き合うには、相手に対する思いやりが必要です。友達関係でも恋人関係でも同じだと思います」

言外に、俺は智也さんにはその「思いやり」がないんじゃないか、とほのめかす。

「分かった風な口利《き》くな。そんなのお前に関係ないだろ！」

智也さんの目尻《めじり》がつり上がった。

「キレるのは図星だからですか？」

「今日は……ずいぶんずけずけ言うじゃねぇか。いつもは俺にびびって縮こまってるくせに」

One
CUP
oz

確かに智也さんの言う通りだと思う。普段の智也さんに対する俺の態度からしたら、今日はずいぶん強気に出ている。

だけど智也さんが相手じゃなければ、俺だって普段は誰《だれ》にだってこの程度のことは言える。智也さんを前にした時に調子が狂《くる》うだけで、今は普段の調子を取り戻《もど》したにすぎなかった。

「春樹と別れる原因は俺にあるって言いたいのか？　あの淫乱《いんらん》じゃなくて俺が悪いって⁉」

智也さんがガンっとテーブルを蹴《け》ると、載《の》っていた缶がばらばら床に落ちた。

「二人のことなんて俺に分かるわけないじゃないですか」

智也さんは兄貴が浮気《うわき》したというが、兄貴は誰かと別れたくなったら誰かと浮気してるように見せかけることがある。実際本当に浮気している時もあるけれど。

さっき兄貴は、今は別の相手がいるようなことを言っていた。

「お前も俺のこと、うざったいって思ってるんだろ。春樹みたいに俺のことを『我が儘《まま》で不愉《ふゆ》快《かい》な奴《やつ》』だって思ってるんだ！」

智也さんは立ち上がると、俺の肩《かた》を摑《つか》んで床に押し倒《たお》す。そして抵抗《ていこう》しないように俺の胸の上に右足を置いた。

「く…っ」

息苦しさの余り、俺は思わず咳《せ》き込む。すると、手に持っていた缶の中身がこぼれ、服を濡《ぬ》らした。

下手に抵抗しても、智也さんは益々頭に血が上るだけだ。だったら、智也さんが落ち着くまでおとなしくしていた方がいいだろう。

そう思ってぼんやり天井《てんじょう》を見てると、焦《じ》れたように智也さんが俺の上に覆《おお》い被《かぶ》さってきた。

「なんで何も言わないんだよ！」

唇《くちびる》が触《ふ》れてしまいそうな近距離《きんきょり》で、底光りする冷たい目が俺を見下ろしてくる。

「…っ、本当はてめぇの兄貴のことなんて、好きでもなんでもなかったんだよ。ただの性欲処理だ。なんならてめぇも、同じように扱《あつか》ってやろうか？」

酷いことを言っているとは思う。だけど俺には、その言葉がとても悲しそうに聞こえた。

「……馬鹿《ばか》だな」

「あ？」

「あんた、兄貴のことが好きなんだ」

だけど、素直《すなお》じゃないから気持ちもうまく伝えられなくて、切り捨てられたことを認められずに、今は必死で自分の気持ちを否定しようとしている。

「智也さん？」

頰《ほお》に触れると、怯《おび》えるように智也さんは体を震《ふる》わせる。俺はそれに構わず、智也さんを頭ごと引き寄せて抱《だ》き込んだ。

智也さんの体はしっかりと筋肉が付いてはいたけれど、思ったよりは細かった。きっと骨格が華奢《きゃしゃ》なんだろう。ただ、ひどく強《こわ》ばっていて、扱いにくかった。

「誰が、あいつのことなんか…」

俺の肩口に顔を埋《うず》めている智也さんの声が、少しだけ震えている。

なんだか、失恋《しつれん》した女の子を慰《なぐさ》めてるみたいな気分だ。多分このシチュエーションで相手が女の子だったら、いつもの俺はきっとそのまま口説いてベッドに誘《さそ》っている。だって気の強い猫《ねこ》みたいな子が、プライド崩《くず》して泣き顔を見せるなんて可愛《かわい》すぎるじゃないか。

――って、ちょっと待て。この人は男だぞ？

智也さんを抱きしめたまま、俺は不謹慎《ふきんしん》にも何度もそう心の中で繰《く》り返して呟《つぶや》いた。

相手は可愛い女の子じゃなくて、自分と同じくらいの体格した、少し前までは兄貴を押し倒していた男だ。智也さん相手にこんな気分になるなんて変だろう？

「…………」

きっと酔ってるせいだ。じゃなきゃ、説明がつかない。

俺が混乱した頭で強ばったままの背中をゆっくりなでていると、智也さんの潤《うる》んだ目から涙がこぼれた。

「俺は……いつだってうまくできない」

泣き声の合間に、かすかに聞こえる声。

「どうやれば人に好かれるのか知らない」

「好かれる努力をしてなかったからじゃないんですか？」

智也さんが顔をあげて俺を睨《にら》む。涙《なみだ》で潤んだ目が、驚《おどろ》くほど綺麗《きれい》でいじらしく見えた。

「お前に…何が分かるんだよ」

震える唇が紡《つむ》いだ頼《たよ》りない声が自分でも悔《くや》しかったのか、智也さんは唇を嚙《か》む。目にはまた新たな涙が生まれ始めた。

「分かりません」

「だったら…」

「でも、智也さんのことを知りたいとは思ってます」

そう言って、俺は目の前にあった智也さんの耳に唇を寄せると、かすかに触れるだけのキスをする。

するとビクリと体を震わせた後、智也さんは驚いたように上体を起こして目をこすった。ちょっと子供みたいな仕種《しぐさ》だ。

俺も体を起こして向き合うと、智也さんは怒ってるというよりも拗《す》ねたような顔で黙《だま》り込んだ。

「智也さんのことを俺はいい人だと思いますよ。ただ、感情をうまく行動で示すのが苦手なんだってことだけは、ここ数日一緒《いっしょ》にいて分かりました」

最初は怖い人と同居するハメになったとビクついてばかりいたけれど、智也さんは見ないふりしないで俺のことを助けてくれたし、作った飯も全部残さず「美味《うま》い」って食べてくれた。それに返り討《う》ちだって、本を正せば俺のせいなのに、八つ当たりもしなかった。

こうして一緒にいれば、ただ不器用なだけの人なんだって分かる。けれど、第一印象では凶《きょう》暴《ぼう》な怖い人だ。智也さんはそれで損をしてるんじゃないかと思う。

「兄貴だって、智也さんが気持ちを言葉にしなかったから気づけなかったんですよ」

智也さんのぬれた頬に手をかけて、俺は顔を上向かせた。目にはまだ少し涙が残っていて、泣いたせいか頬が少し赤い。

「だから今度は、素直に言葉にすればいいじゃないですか。智也さんなら次の相手なんて、すぐできますよ」

なんて慰めながら、この人をもっと泣かせてみたい、なんてことを俺は考えていた。

――最低だ……。

さっきから智也さんを見る俺の目が、微妙《びみょう》な方向にズレて行っている気がする。と言うか、膝《ひざ》に跨《またが》られて正面から向き合ってるこの体勢も男同士じゃ変だろう?

いくら酒が入っているせいだからって、早く軌《き》道《どう》修正しないとやばいことになりそうだ。

「あの、智也さん……」

だけど体勢だけでもどうにかしようと声を掛《か》けたら、突然《とつぜん》、胸元《むなもと》を片手で掴まれてぐいっと引き寄せられてしまった。

「……っ…」

「なんか、お前分かんない。優《やさ》しいのかと思ったらひどいこと言うし、その後こんなふうに慰めるし。飯作るし、傷心配したりするし……キスなんかするし」

次第《しだい》に語尾《ごび》を小さくしながら、智也さんは俺がキスした耳に触れると、理由を求めるように俺を見た。

理由なんかがあるのなら、俺の方が知りたい……。

せめて困り果てている内心がバレないようにと思って、俺は適当に応《こた》えた。

「ちょうどいい位置にあったんで」

「淡々《たんたん》と言うなよ、酔《よ》ってるのか？」

智也さんは眉《まゆ》を顰《ひそ》めながら、俺の顔をのぞき込んでくる。

「たぶん」

「自覚があってそれじゃ始末が悪いな。明日の朝になったら全部忘れたりするんだろ？」

――って、何でそんなに否定して欲しそうな目で見るんだよ？

そんなんじゃ、忘れて欲しくないって言ってるみたいに見えるからやめて欲しい……。

「記憶力《きおく》はいいほうだと、思います…けど」

「じゃあ覚えてるのか？」

「たぶん」

女の子を口説いた翌日のように、忘れた振《ふ》りをしなきゃいけなくなるようなことはまだ起きていないはずだから、たぶん大丈夫《だいじょうぶ》だとは思う。

「頼りない答えだな」

「すみません」

「いいよ、もう」

智也さんは唇をゆがめた。

笑おうとしたのかもしれないけれど、堪《こら》えていた涙がこぼれて泣き笑いの表情になってしまう。

「くそっ……！」

悪態を一つ吐《つ》くと、智也さんは俺の首に腕《うで》を回して抱きついて、唇を押しつけてきた。

——え…？

「…ん…」

触れるだけだったそれが、すぐに舌を絡《から》める濃厚《のうこう》なものに変わる。呆然《ぼうぜん》として反応出来ずにいる俺をよそに、智也さんは何度も角度を変えて、緩《ゆる》く深くキスを繰り返した。

「…は…っ…」

音を立てて智也さんがキスを終わらせると、赤くぬれた唇が目に入る。無表情な顔を作りつつも、俺の心臓は恐《おそ》ろしいほどの速さで鳴り響《ひび》いていた。

「……なんで？」

思わず声を漏《も》らすと、智也さんは不敵な目で俺を見る。

「ちょうどいい位置にあったんで」

「……さっきの仕返しですか？」

「仕返しって、色気のねぇ言葉使うな。酒に付き合ってくれたお礼だよ。嬉《うれ》しいだろ？」

「……分かんないです」

「正直な奴《やつ》だな。嘘《うそ》でも嬉しいって言えよ」

嬉しいかどうか、そんなものはもう……。

こっちはさっきからずっと、自分の中の衝動《しょうどう》をなだめることばかりを考えているっていうのに、どうしてこの人は挑発《ちょうはつ》するような真似《まね》をするんだろう。

智也さんが悪い。さっきのキスで、胸にもやもやしていた欲望が形を持ってしまった。

やり方なんか分からないけど――もっと触《ふ》れたいって言ったら、この人は怒《おこ》るだろうか？

「智也さんはキス、うれしかったんですか？」

笑《え》みを消して俺が聞くと、智也さんは一瞬《いっしゅん》顔色を変えた。

「……聞きたいのかよ」

駆《か》け引きめいた会話。

きっと智也さんも、俺の意図に薄々《うすうす》気づいてる。

「嬉しかったよ。じゃ、お休み」

ぶっきらぼうにそう言って逃《に》げるように立ち上がろうとした智也さんを呼び止めて腕を掴《つか》むと、俺はそのままソファに押し倒《たお》した。

「智也さん！」

「秋人」

「すみません」

もっと触れたい。今はまだ離《はな》れたくない。

馬鹿《ばか》なことを考えているってことは分かっている。一時の衝動で、取り返しのつかないことをしようとしてるのも分かっている。

でも、そんなの全部、目の前のこの人が悪い。

「お前…っん…」

智也さんが何かを言う前に、俺はその唇を塞《ふさ》ぐと、嫌《いや》がるように逃げる舌を追いかけた。

相手が誰《だれ》かなんて、ちゃんと分かっている。だけど、奥底から突《つ》き上げてくるような触れたいという衝動を、抑《おさ》えることができない。

俺はさっきの汚名《おめい》返上をするかのように、主導権は渡《わた》さずに智也さんを追い上げた。

「……っ…ん」

甘い声を漏らしながら、必死で俺を押しやろうとする手を掴む。相変わらず装飾《そうしょく》過多な指輪が冷たい。

唇を離してやっと、俺は自分の息が荒《あら》くなっていることに気がついた。焦《あせ》ってるみたいな欲望丸出しの呼吸音が耳障《みみざわ》りで、思わず自嘲《じちょう》してしまう。

「智也さん…」

「っ…秋人、お前…俺が男だって分かってるか？」

むき出しの柔《やわ》らかい首筋に噛《か》みつくと、咎《とが》めるように智也さんが声を上げた。焦ってるのか、それとも怯《おび》えてるのかは分からないけれど、いつもより少し高めの声。

「分かってます。分かってますけど…」

止めることが出来ない理由が分からない。

俺は智也さんの片手を掴んだまま、もう一方の手を服の中に潜《もぐ》り込ませる。すると腹に指先が直接触れただけで、智也さんは目をぎゅっと閉じた。

「………？」

――まさか、慣れてないってことはないよな？

兄貴と恋人《こいびと》だったわけだし、ふられたことがないほどもてたとも言ってた。こんなの、この人にとっては今更《いまさら》じゃないのか？

「あ…っ…」

しなやかな筋肉が張りつめた体は、決して女の子のように柔らかいわけじゃない。智也さんが見せる意外な反応を疑問には思ったし驚《おどろ》きもしたけれど、それでももっと触れてみたいと俺は思った。

シャツの上から胸の突起《とっき》をゆるく摘《つま》む。爪《つめ》の先で輪郭《りんかく》をなぞって、指の腹で押しつぶす。そして片方の手を背中に回して、硬《かた》いジーンズに包まれた尻《しり》を揉《も》んだ。

「や、め…」

がっついてんな、と自分でも思う。思春期のガキの頃《ころ》だって、セックス覚え立ての頃だって、こんな風に衝動的に誰かを組み敷《し》くなんてしたことがなかった。

しかも、相手は俺より年上の——男だ。

「男同士って、どうやるんですか?」

目をつぶったままの智也さんの額に、自分の額を押しつけて聞く。何もしゃべろうとしてくれない唇を舌でなぞってみると、ようやく口を開いてくれた。

「っ…知るか」

「うそつき。じゃあ…俺のやり方でいい?」

「何するつもりだよ」

警戒《けいかい》するような目で俺を見上げてくる。

「別に。ただ触《さわ》りたいだけ」

そう言うと、抵抗《ていこう》を諦《あきら》めたのか今度は易々《やすやす》とキスができた。

「…ん…っ」

薄《うす》く開いた唇の中で、舌を絡めて吸い上げる。唇から誘《さそ》い出された赤い舌は、どこまでも官能的に見えた。

背中に腕を回してさらに引き寄せると、キスの合間に抗議《こうぎ》の声が漏れた。

「…痛い」

「何が？」

「背中」

もしかして、さっきの奴らにやられたケガのことだろうか？

「じゃあ、できるだけ触らないようにします」

痛いなら止《や》めましょうか、とは聞かない。

智也さんのしわが寄った眉間《みけん》に、俺は触れるだけのキスをする。それから、シャツの上からさっきまで触れていた胸の尖《とが》りをゆるく噛んだ。

「っ…い、た」

「そんなに強く噛んでないけど」

痛みを感じるほどじゃないはずだ。

「意外と敏感《びんかん》だったりするんですか？」

「知る…か」

唾液《だえき》でぬれたシャツに透《す》けた突起へ舌を押しつけると、すぐそばの心臓からどくどくと鼓動《こどう》が伝わってくる。やたらと速いその音のリズムに、俺はさらに劣情《れつじょう》をあおられた。

「もうやめろよ、秋人…っ」

上気した顔で、責めるみたいな目で見上げてくる。その少し潤《うる》んだ目が可愛《かわい》くて、俺は思わず滲《にじ》んだ涙《なみだ》を嘗《な》めた。

この人に向かって可愛いなんて、変だって分かってる。それに、止めなきゃいけないことだって俺も分かってる。

でも――どうしても先に進みたい。

「ごめん、もうちょっとだけ」

俺は智也さんのジッパーをおろして、下着の中に手を入れる。男同士でこんな場所に触るなんて、俺の常識からは考えられないことだ。

なのに、気持ち悪いとか汚《きたな》いとかそんなこと少しも思わない。それどころか、智也さんのものが熱く芯《しん》を持ち始めていたことが、なんだか嬉しくて仕方ない。

「あんたもちゃんと感じてるんだ」

「…っ…」

からかったつもりじゃなかった。でも、智也さんはこれ以上ないってくらい、カッと赤くなって顔を逸《そ》らすと視線を横に向けてしまう。

そんな様子さえ可愛いと思いながら、俺は自分のものを取り出すと、智也さんのものと纏《まと》めて手のひらで握《にぎ》りこんで擦《こす》りあげた。

「んっ…ぁ…」

形のいい耳に舌を這《は》わせると、甘い声が上がる。

ピアスとピアスの間、そこからたどるようにして耳の中に舌を差し入れると、くすぐったいのか智也さんは首を振《ふ》って逃《のが》れようとした。

「それ…嫌だ…」

「…っ！」

弱い声音《こわね》とは反対に悔《くや》しそうに睨《にら》まれて、俺は思わずビクッと動きを止めてしまう。こんな状況《じょうきょう》でも視線に力があるのは、さすが智也さんだ……。

俺は仕方なく、とりあえず智也さんのものだけに集中することにした。

括《くび》れを指の先でたどって少し手荒《てあら》に擦る。すると、俺の動きがじれったいのか、徐々《じょじょ》に智也さんの腰《こし》が揺《ゆ》れ始めた。

「ごめん、ちょっと起きられる？」

動かしやすいように、俺は智也さんを起こして自分の足の上に跨《また》がせる。それから、目の前の色づいた突起を再びシャツの上から口に含《ふく》んだ。

「ふっ…ぁ、秋人」

その声だけで、俺は自分のものが興奮していくのが分かった。

「…こんなの…ち…がっ」

言いかけた言葉を遮《さえぎ》るように、俺は指先で敏感な先端《せんたん》を強く円を描《えが》くように押す。

「ひっ…」

悲鳴みたいな声が上がって、俺の服にしがみついてる智也さんの手が震《ふる》えた。だけどろくに力が入らないのか、その手はすぐに滑《すべ》り落ちる。

「…秋人……手放せよ、俺が…」

かすれた声が、途切《とぎ》れ途切れに何かを伝えようとしている。

「あんたがしてくれんの？」

「………」

俺が聞くと、智也さんはためらってじっと黙《だま》り込んだ。

しばらくして、ようやく俺のものに指をかけたが、すぐにその熱に驚いたかのように指を離《はな》してしまう。

智也さんのそんな行動に焦《じ》れて、俺は止めていた指を再び動かし始めた。

「っ……秋人、俺が」

「ちょっと黙っててよ。俺のやり方が不満でもちゃんとイカせてあげるから」

「っちが…俺ばっか…」

つまり、自分ばかりされているのが嫌《いや》だって言いたいんだろうか？

必死で言葉を紡《つむ》いだ智也さんは、快感でぶれる焦点《しょうてん》を、なんとか俺の視線に合わせようとがんばっている。なんかそんなのさえも、俺には凄《すご》く可愛く思えてしまう。

「じゃ、触って」

強引《ごういん》に俺のものに触《ふ》れさせると、智也さんは逡巡《しゅんじゅん》するような間のあと、頼《たよ》りない手つきで指を動かし始めた。

――だけど……。

「なんで指、震えてんの？」

智也さんは男に慣れているはずの人だろう。なのに、まるで初めての行為《こうい》に挑《いど》むかのようなこの様子は、一体何だ？

さっきから頭を掠《かす》めていた違和《いわ》感が、俺の中ではっきりとした疑問となる。

すると、智也さんが動きを止めた。

「……お前、俺が男だって、マジで分かってるのか？」

「分かってるってさっきも言った」

今更《いまさら》、何を言ってるんだ？

こんなことまでしてるのに、分かっていないわけがない。ただ、後先を考えてないことだけは、確かだけど。

そう俺が応《こた》えると、智也さんは視線をずらして消え入るような小さな声で呟《つぶや》いた。

「幻滅《げんめつ》しても…しらねぇから…」

「……っ！」

もしかして智也さんは、ずっとそんなことを考えていたのか？

だから最初から、遠慮《えんりょ》がちだったのか？

「……何だよ、それ」

俺はなぜか無性《むしょう》に腹が立って、智也さんの手の上に自分の手を重ねると、握り込んだそれをきつく擦り上げた。

「っ…ぁ」

泣きそうな声と、熱に浮《う》かされた顔。

ゆるく開いた口元は、俺の手の動きに合わせて声をあげ続けている。

「智也さん、我慢《がまん》しないでイッていいよ」

「でも…っ、お前の…」

こんな時でも意地を張るのか、この人は。

「いいから、ほら」

促《うなが》すと、声を呑《の》み込むみたいにしてぎゅっと唇《くちびる》を閉じる。そして次の瞬間《しゅんかん》、体を緊張《きんちょう》させたまま智也さんは精を吐《は》き出した。それを見届けてから、俺も後を追う。

「…っ…」

訪《おとず》れた解放感。だけど俺は、ぐったりと頽《くずお》れる智也さんの体を支えながら、最後に声が聞けなかったのが残念だなんてことを考えていたのだった。

土曜の朝だというのに、寝覚《ねざ》めは最悪だった。

頭は痛むし、なんだか体も疲《つか》れていて怠《だる》い。だけど、無意識にぬくもりを求めて隣《となり》に手を伸《の》ばした俺は、何もない空間に違和感を覚えてぼんやりと目を開けた。

「……いない……」

確かあのあと、智也さんをこのベッドまで運んでから、潰《つぶ》れるようにして一緒《いっしょ》に眠《ねむ》ってしまったはずなのに……？

「智也さん……？」

口に出して呟くと、昨日のことが鮮明《せんめい》に頭に蘇《よみがえ》ってくる。

――そうだった。

昨日、俺は兄貴の元恋人《こいびと》と、キス以外のことまでやってしまったんだ……。

思わず赤面してから、俺はベッドの中で一人、頭を抱《かか》えてしまう。

「何やってんだよ、俺」

いくら酒に酔《よ》ってたからと言っても、兄貴の元恋人で、しかもまだ兄貴のことが好きな相手なんかとあんなことするなんて。

「ってそれ以前に、男だろ。あの人…」

だけど凄く可愛《かわい》くて、止まらなくなった。

「…っ、そうじゃなくて！」

混乱する頭を整理しようと、俺はため息を一つ吐《つ》いた。

正直言って、昨日あんなことがあるまで、俺は男に対して欲情したことなんか、過去一度もない。兄貴のことだって容認《ようにん》してはいたけれど、実際のところまったく理解できなかったくらいなんだ——昨日までは。

そんな自分が、兄貴と同じく男もいけるタイプだったとは思わなかった。否《いな》、思いたくなかった。

しかも最悪なことに、昨日は智也さんの合意も得ないまま、無理やりだ。途中から悪くない雰囲気《ふんいき》にはなったけど、訴《うった》えられたら勝てる自信がない。

「どうしてあんなことになったんだ…？」

間違《まちが》いなくきっかけは俺にある、とは思う…。

でも、あの人だって悪い。無意識とはいえ、あんな誘《さそ》うような顔をするから、俺も歯止めが利《き》かなくなったんだ。

「……って、それ責任転嫁《てんか》だろ」

慰《なぐさ》めているうちに、良い雰囲気になって、そのままつい及《およ》んでしまいました…ってだけ。好きだとか愛してるとか、そういった感情があってやった行為じゃないことだけは確かだ。

結局、俺も兄貴部類の人間だったたってことなのか……？

「はぁ……」

いつまでもベッドでうじうじと過ぎたことを悩《なや》んでいても仕方ない。俺はとりあえずシャワーでも浴びようと思い、着替《きが》えを手にして裸《はだか》のまま部屋を出た。

リビングには昨日の空き缶《かん》が散乱してるし、丸められたティッシュなんかも生々しく床《ゆか》に転がったまま。おまけに、昨日俺が着ていた服まで放置されている。

人の気配が全くないことを訝《いぶか》しく思って玄関《げんかん》を見ると、そこには智也さんがいつも履《は》いている靴《くつ》が無かった。

「なんだ、出かけたんだ」

安堵《あんど》と落胆《らくたん》。

「……なんだよ、落胆って。昨日は酔ってただけだろうが」

心を過《よ》ぎった自分の馬鹿《ばか》な考えを必死で振《ふ》り払《はら》うと、さっさとシャワーを浴びて頭も体もすっきりさせてしまおうと、俺は脱《ぬ》ぎ散らかした服を拾いながら急いで洗面所へと入る。

そして洗濯機《せんたくき》の中に酒で汚《よご》れた服を放《ほう》り込もうとした俺は、ふとポケットの中に昨日貰《もら》ったメモを入れっぱなしだったことに気づいた。

「忘れてた……」

兄貴のバイト先の住所。

きっと居場所を知ったら、智也さんは必ず兄貴のところに行くだろう。あれだけ未練があるんだし、もしかしたら今度は後悔《こうかい》しないように気持ちを素直《すなお》に伝えるかもしれない。それで兄貴が一箇所《いっかしょ》に落ち着くんだったら、良いことじゃないか。

なのに何で、俺が落ち込んでいるんだ？

「……さっさと風呂《ふろ》入ろう」

とりあえず洗面台の上にそれを置くと、俺は浴室に向かった。

温度を調節して熱いシャワーを浴びながら、体についたアルコールのにおいを石鹸《せっけん》のにおいに変えていく。

そんな爽《さわ》やかな香《かお》りの中で、俺はまたため息を吐いた。

今日は引っ越《こ》してきて最初の休日だから、未《いま》だリビングの隅《すみ》に段ボールのまま積まれている俺の荷物を整理してしまおうと思っていた。だけど荷解《にほど》きして整理したところで、俺がここに住むことになるかはまだ分からない。

兄貴が帰って来ないなら、こんな家族向けのマンションを一人で借りる金銭的余裕《よゆう》のない俺はここを解約して出て行かなければならないし、万が一にも兄貴と智也さんのよりが戻《もど》って、ここで暮らすことになったとしても、やっぱり俺は出て行くしかないだろう。

俺がここに住む為《ため》には、智也さんが出て行って、兄貴が帰ってきてくれるしかない。そう考

える と、俺がここに住めない確率の方が高い気がする。

と言うか、俺はここに住まない方が良いと思う。だって俺自身、今のまま智也さんと暮らしていたら、取り返しのつかないことになりそうで怖《こわ》い――って、何を考えてるんだ俺!!

鏡越しに赤面した自分と目が合って、俺はため息を吐いた。

「素直に親元で暮らしてた方がマシだったかなぁ…」

まぁどちらにしても、早く二人の間で結論を出して貰わないと俺は動きようがない。

俺はもう一度深いため息を吐くと、さっさとシャワーを切り上げたのだった。


シャワーを浴びて体はさっぱりしたはずだというのに、なんだか家に一人でいると、昨日のことを考えてばかりで落ち着かないし苛々《いらいら》してしまう。

汚れた床とテーブルを拭《ふ》いてゴミを片づけて、コーラとピザの簡単なブランチを済ませると特にすることもないし、リビングの段ボールを無視してしまえば、今日は特に予定もない。

どうしても家に居たくなかった俺は、久しぶりに映画でも観《み》に行こうかと考えて、財布《さいふ》を手にして家を出ることにした。

ここから一番近い映画館は、電車で十分のところにある。方向的には大学と同じだから、定

期で行けるので電車代はかからない。

映画館の前で上映の時間を確認していると、背後から声がかかった。

「田島君？」

振り返ると、そこには大学で同じ学科の女の子が立っていた。

白いワンピースに黒のジャケット、足下《あしもと》は茶色のブーツ。胸元《むなもと》には銀色のコサージュがついている。結構可愛い子だけど……名前が思い出せない。

学校ではよく話しかけられるが、外で会うのは初めてだった。

「偶然《ぐうぜん》ね。田島君、一人なの？」

「ああ」

応《こた》えると、その子は花が咲《さ》いたみたいに綺麗《きれい》な笑顔《えがお》を見せた。

「じゃあ、一緒に映画観ていい？」

——困ったな…。

普段《ふだん》から、飲みに行こうとか携帯《けいたい》番号教えてとか、よく声を掛《か》けてくる子だ。何となく俺に気があるんだろうってことは分かってたけど、いつもは気のない相手にいい顔するのも可哀想《かわいそう》かと思って適当に受け流していた。

けれど……今日だけは、昨夜のことを頭から振り払うためにも、女の子といた方が良いのかもしれない。

「いいけど、何観たいんだ？」

「田島君の観たいやつならなんでもいいよ」

俺への好意を隠《かく》そうともしないその言葉に、思わず笑みが漏《も》れる。

こういう関係が普通だ。俺にはこの方が似合ってる。

昨日はただ、酔《よ》ってただけ。俺はホモでも何でもないし、兄貴の元彼に手を出すほど飢《う》えてるわけじゃない。

心の中で念じていると、彼女が声を掛けてきた。

「田島君、早くしないと始まっちゃうよ」

「あ、悪い」

映画は有名な監督《かんとく》のＳＦ物。宣伝告知をかなり派手にやっていて、前評判も良かっただけある内容だった。

ただ途中に入ったお決まりのラブシーンで、俺は不覚にも智也さんを思いだしてしまったのだ。泣きそうな顔で口付ける綺麗なヒロインと、智也さんの外見は似ても似つかないというのに、俺の頭はどうかしている。

視線を逸《そ》らしたら、横にいたその子が俺の肩《かた》にそっと自分の頭をもたれかけてきた。だけど俺の頭の中は智也さんで一杯《いっぱい》で、それを嬉《うれ》しいとも思えなかった。

おかげでそれ以降の映画の中身は、まったく覚えていない。映画が終わって彼女に「面白《おもしろ》か

ったね」と言われたときも曖昧《あいまい》な返事をすることしか出来なかった。

おまけにこの時点でも、俺は彼女の名前を思い出すことが出来ないまま。なのに、そんな俺に彼女は徹底的《てってい》に付き合うつもりなのか、行きつけのショップを聞き出すと一緒《いっしょ》についてきて服選びを手伝ってくれた。

それから、お好み焼き店で一緒に夕飯を食べたあと、彼女の希望でカラオケに入って酒を飲んだ。酔って彼女のリクエストの曲を歌ったりして、俺は十分楽しむことができた。

「家どこだっけ？　駅まで一緒に行こう」

店を出てそう言うと、彼女がふいに足を止めた。

「あの…私、一人暮らしなの」

そういえば、前に一度聞いたことがある気がする。

「だから、夜って暇《ひま》で…良かったらうちに来ない？」

うつむきながら言う彼女に、俺はなんて応えていいのか分からなかった。彼女が俺を好きだということは分かる。それは、俺の思い上がりでも間違《まちが》いでもないだろう。

人形みたいな細く長い手足に、整った顔。今日一緒に歩いてる時に、すれ違う男の視線が釘《くぎ》付《づ》けだったのを思い出す。

こういう子と付き合ったら鼻が高いんだろう、とは思う。

「私田島君のこと好きで…今日だって、本当は駅で偶然見かけて、映画館まで追いかけたの。

田島君とデートしたくて…」

上目遣《うわめづか》いに俺を見る仕種《しぐさ》は、確かに可愛《かわい》い。

そう頭では分かっている——けど…。

「……ごめん」

「………」

「…好きな人がいるんだ」

断るときの常套句《じょうとうく》だ。別に、本当に好きな人がいるわけじゃない。

しばらく黙《だま》っていると、彼女は「そっか」と呟《つぶや》いた。そして俺の服に手をかけると、背伸《せの》びをして不意打ちのキスをしてくる。

「っ！」

「残念だけどこれであきらめる」

驚《おどろ》いて避《よ》けることも出来ずにいた俺にふわっと微笑《ほほえ》むと、彼女は足早に駅の方へと消えて行った。

勿体《もったい》ないとは思うけれど、だからといって後を追いかけ引き留める気も起きず、俺はそのまま家に帰ることにした。

好きじゃなくても、今は特定の相手がいるわけじゃないんだから、付き合えばよかった。あんなにいい条件の子は、そう居ない。

なのにどうして、あの子じゃダメなんだ？

『……好きな人がいるんだ』

智也さんのことなんか関係ない……昨日のは酔った勢いだ。

ただそれだけのこと。それだけじゃない理由なんか、気づきたくない。

ぐったりしながら、俺は大きなため息を吐《つ》いた。

「はぁ…智也さんに会いたくないな…」

なのに家のドアを開けたら、智也さんが不機嫌《ふきげん》な顔を隠しもせずに立っていたのだ。

「ずいぶんお早いお帰りだな」

「…………」

俺が何も言わずに靴《くつ》を脱《ぬ》ぐと、智也さんは踵《きびす》を返してリビングへと向かう。

服の入った紙袋《かみぶくろ》を自分の部屋に放《ほう》り投げてキッチンに行くと、俺は冷蔵庫を開けてペットボトルの水を飲んだ。冷蔵庫で冷やされた水は、冷たくて気持ちがいい。

ペットボトルを一本空にして、もう一本の半分ほど飲み干すと、俺はようやく人心地《ひとごこち》ついた。

二日続けて酒を飲んでいるせいで、さすがに頭痛がし始めている。

「女といただろ」

カウンター越しに、智也さんが俺を睨《にら》んでくる。

どうして責めるような目をするのか疑問に思いながら、俺は壁《かべ》にもたれかかって智也さんと向き合った。

「香水《こうすい》のにおいがする」

「ああ……」

それで女の子といたって分かったのか。

言われてみれば、柑橘《かんきつ》系の甘い香《かお》りがする香水を彼女がつけていた気がする。

今日は映画館で隣《となり》に座ったし、カラオケでは密室で長時間二人きり。香りが移ったとしてもおかしくない距離《きょり》にずっといた。

「門限は八時半だ」

言われて時計を見れば、すでに十二時を回っていた。

「そうですね」

次第《しだい》に痛みを増していく頭痛をごまかすようにして、俺はまた水を飲む。

「女と居たから守れなかったのかよ」

「そうじゃないです」

――苛々《いらいら》する。

ただでさえ頭痛がするのに、こんな尋問《じんもん》めいたまねをされたら耐《た》えられない。

「じゃあ知ってて破ったのか？」

「いえ、門限のことを忘れてました」

これは半分嘘《うそ》だった。

頭を掠《かす》めはしたけれど、帰りたくなくて気づかない振《ふ》りしただけ。

「……飯は？」

「食べてきました」

「女と？」

「はい」

俺は素っ気なく頷《うなず》く。

頭痛がさっきよりも酷《ひど》くなってきていて、早く会話を切り上げたかった。

「俺が一人でお前を待ってたのに、お前は女と楽しく食事かよ」

「待っててくれなんて、言ってないです」

そんなのあんたの勝手だ。門限だって、俺は了承《りょうしょう》したわけじゃない。

そもそも俺は、束縛《そくばく》されるのもこんな風に問いつめられるのも好きじゃない。そういうところは兄貴と似てる。

「それより、何でそんなに怒《おこ》ってるんですか？」

俺は顔を顰《しか》めながら、さっきから気になっていることを聞いてみた。

キツイ眼差《まなざ》しで睨み付けてくる智也さんは、明らかに怒っている。それも、少しずつ怒《いか》りが増しているように見えるのだ。

だけどそれが、門限を破ったことに対してなのか、一緒に食事をしなかったことに対してなのか——それとも、俺が昨日智也さんにしたことに対してなのかが分からない。もしかしたら、自分が兄貴とうまくいってない時に、俺が女と遊んでいたことに腹を立てているのかもしれない。

「……お前はその女が好きなのか？」

智也さんは俺の質問に応《こた》えることなく、そう言って唇《くちびる》を噛《か》みしめる。

何でそんなにも悔《くや》しそうな顔をするのかも、やっぱり俺には分からない。だってこの人は、未《いま》だに兄貴のことが好きなはずだろう。俺が誰《だれ》を好きだろうが関係ないはずだ。

いっそ好きだとでも言ってしまおうかとも思ったけれど、嘘だとばれた時が面倒《めんどう》だと思い直して俺は正直に応えた。

「普通《ふつう》です」

告白はされたし、一緒《いっしょ》にいて楽しかったけれど、結局名前も思い出せなかった。そんな相手とふらふら遊びに行く自分もどうかと思うけど、所詮《しょせん》その程度でしかない。

「普通でキスするのか？」

智也さんが俺の唇に視線を向ける。

まさかと思って手の甲《こう》で擦《こす》ると、わずかにそこに口紅が付いた。そんなに濃厚《のうこう》キスをした覚えがないが、口紅は確かに彼女が付けていた色だった。

名前も思い出せない女と一日一緒にいて、おまけにキスまでされるなんて、俺は一体なにやってるんだろう。夜の街を走り去って行った彼女の後ろ姿を思い出すと、なんだか自分が非情な男に思えて嫌《いや》な気分になる。

「また、昨日みたいにちょうどいい位置にあったからキスしたとでもいうのかよ」

「だったらなんですか。いいでしょう? 俺が何したって」

智也さんの責めるような口調につられて、自然と俺も感情のカケラもないような声音《こわね》になってしまう。

苛々して、腹が立つ。

あんたは兄貴のことが好きなんだろう。だったら、俺なんかに構ってないで、さっさと兄貴のところに行って告白でも何でもしてきたらいいんだ。

「……そうだ、忘れてました」

俺は洗面台に置きっぱなしにしていたメモを取ってきて、智也さんに突《つ》きつけた。

「兄貴ならそこにいます。ここにいて兄貴を待つより、さっさとそこに行って兄貴を捕《つか》まえた方が早いと思いますよ」

「秋人…」

智也さんは、まるで傷ついたような顔で俺を見た。

あんなに知りたがっていた好きな人の居場所が分かったのに、どうして悲しそうな表情で俺の名前なんか呼ぶんだ？　そんな顔をされると、俺が悪いことでもしたみたいじゃないか。

俺はその顔を見ていられなくて、視線をそらす。そして、いつまでたってもメモを受け取ろうとしない智也さんの手に、無理やりそれを押し込んだ。

「じゃあ、渡《わた》しましたから」

「……………」

その手からメモがカサリと落ちたのが見えたけど、俺はもう何も言わないで自室に引っ込むとベッドに潜《もぐ》り込んだ。

だけど、何となくドアの向こうで智也さんが泣いているような気がして、結局その日は眠《ねむ》ることが出来なかったのだった……。

――翌日。

昨日のやりとりのせいで、なんとなく家には帰り辛《づら》い。そんな理由で、サークルが終わった後もグラウンド脇《わき》の部室でのろのろと着替《きが》えていたら、小西先輩《せんぱい》が声をかけてくれた。

「タジ、元気ないなー」

部室に残っているのは、俺たち二人だけ。先輩はベンチに座って漫画《まんが》雑誌を読んでいる。

小西先輩は、上級生特権を活かして試合形式の練習にしか顔を出さない。理由は『練習しなくても俺は上手《うま》いから』。で、今日はたまたまその日だったのだ。

「……実は、兄貴の元恋人《こいびと》が家に居《い》座ってて」

「何それ」

おもしろそうだねぇ、と先輩が顔をあげる。

「しかも兄貴は逃《に》げてて、居ないんです」

「春樹先輩、また逃げてるんだ？」

……『また』……か。

さすがに、小西先輩は兄貴との付き合いが長いだけあるかもしれない。

「はい。別れ話がこじれてるって言うか…兄貴が二股《ふたまた》かけて逃げた……っていうか……」

俺は小西先輩に相手が『男』だって悟《さと》られないよう、遠回しに会話を進めた。男だってバレた途端《とたん》、いくらなんでもドン引きされるに決まってる。

「あー、それで話付ける為《ため》に家で待ってるってわけか。女はいつだって男を悪者にしたいからねぇ。自分が可哀想《かわいそう》なヒロインになるために」

……女じゃないし、可哀想なヒロインてキャラでもないけど。

「じゃ、今はその人と二人暮らしなわけ？」

「……まぁ」

「泥沼《どろぬま》だね。だから帰りたくなくてのろのろしてるんだ？」

——その通りです。

「相手はまだ兄貴が好きみたいで……。それで、兄貴の帰りを待ってるっていうか」

「居座ってるっていうのもすごいなぁ。女は男より情が深いっていうけど、そこまで行くとかなり迷惑《めいわく》だね」

「はぁ…」

いや、だから女じゃないんですが…。

だけどそんなこと、口が裂《さ》けても言えやしない。言った途端、兄貴の性癖《せいへき》を暴露《ばくろ》することになるし。聡《さと》い小西先輩相手じゃ、下手すると自分の首も絞《し》めることになりかねない。

すると小西先輩は、俺がしどろもどろなのが面白《おもしろ》いのか、益々面白そうに身を乗り出した。

「その子って可愛《かわい》い？」

可愛いなんて思ったことは——ない、とも言い切れない。けれど、一般《いっぱん》的な目で見るとカッコイイとか、綺麗《きれい》とか……。

「……怖《こわ》い」

「怖いって何だよ？　顔が怖いのか？」

「いえ…モテそうだとは思いますよ」

ただし間違《まちが》っても、俺の欲望の対象ではない。否《いな》、無かったはずだ。この間までは……。

「………」

ヤバイ、深く考え始めると、どんどん気が滅入《めい》ってくる。

「春樹先輩の元彼女だもんな、美人で当たり前か。で、タジの好みではないわけ？」

「当たり前だろ！」

相手は男だぞ！　と思わず言いそうになって、俺は慌《あわ》てて口を閉じた。ここでうっかり暴露なんかしたら、もうフォローのしようがなくなってしまう。

「あ、すみません。えーっと…」

慌ててタメ口を使ったことを謝ると、小西先輩はふっと笑った。

「そういうことなら、うちに泊《とま》るか？」

「え!?　いいんですか!?」

どんな顔して智也さんと一緒に居ればいいか分からなかったから、すごく助かる。

「いいよ。狭《せま》いけど」

「ありがとうございます!!」

小西先輩はそれ以上、兄貴の元彼女のことを追及《ついきゅう》しようとはしなかった。察しのいい人だから、俺の話したくない雰囲気《ふんいき》を読みとってくれたんだろう。

だから俺はその厚意《こうい》に甘えて、その日は家に帰らずに先輩の家に泊ったのだった。


明け方、新聞配達員とすれ違うような時間帯に一度、着替えと教科書を取りに先輩の原付を借りて家に帰った。

出来るだけ音を立てないように入ると、当然のごとく中は真っ暗だった。

リビングに入ると、暗い室内で智也さんは毛布にくるまって、ソファの上で寝《ね》ている。テーブルの上には閉じられたノートパソコンと、大量の書類が散乱していた。

いつもはリビングで仕事をしないのに——どうして?

誰《だれ》かが帰ってきてもすぐに気づけるように、ここにいたのか?

「…………」

きっと、兄貴を待っていたんだろう。俺を待っているわけがない。

ほんの少し期待をした自分が馬鹿《ばか》らしくなって、俺は必要なものを手に取ると逃げるように部屋を出た。

玄関《げんかん》を出る前にかすかに聞こえた「秋人」と呼ぶ声。でも俺は振《ふ》り返らなかった。

「……っ……」

気づかれたのか、それとも寝言だったのかは分からない。でも俺は、胸が破裂《はれつ》しそうなくらい、どきどきしていた。なんか、泥棒《どろぼう》に入った気分だ……。

お陰《かげ》で目が覚めてしまった俺は、先輩の家に戻《もど》っても二度寝することもできなかった。仕方なく起き出して、朝飯の支度《したく》をする。

「ふぁ〜」

「おはようございます。飯出来てますよ」

八時を回ってようやく起き出した先輩は、テーブルに食事が用意してあるのを見て、朝っぱらから俺にプロポーズしてきた。俺は適当にそれを受け流す。

「あんな冷蔵庫の中身でよく作れたよな。お前が女だったら、完全に彼女決定だ」

「……勘弁《かんべん》してください」

未《いま》だしつこくそんなネタを振る先輩にげんなりしつつ、俺は一緒《いっしょ》に大学へと向かった。当然、授業は違うから大学に入ったところで別れたけれど、今日も先輩とはサークルで会うはずだ。

「……眠い…」

ここ最近の寝不足がたたって、授業中はずっと眠かった。

一限はほぼ寝て終わったというのに、二限の終わりの今も、俺は大教室の最後尾《さいこうび》の席であくびをかみ殺しながら机に突《つ》っ伏《ぷ》している。

催眠《さいみん》効果があるんじゃないかと疑いたくなるような教授の声を子守歌《こもりうた》にしていると、教室の後ろから女の子たちが入ってきた。多分、授業の最後に行われる出席確認《かくにん》のためだろう。

そんなことをしても教授は、この授業を出席扱《あつか》いにしてくれる。その代わり、試験で点が悪ければ、容赦《ようしゃ》なく単位を取り上げるらしいんだけど。

「ラッキー。ここ五つ席空いてたよ〜」

そう言いながら彼女たちは俺の前の列に座ると、声を潜《ひそ》めることなく話し始めた。

後方の席に座った時点で黒板なんかろくに見えるわけもないから、まじめに授業を受けたい奴《やつ》らは全部前に座っている。だからここで彼女たちの声をとがめる者は誰もいなかった。

「もう、すっごいカッコイイんだ！」

「あんたのカッコイイは当てにならないってば」

「今回はマジ。私も見たけどすごいの！」

女は三人でも姦《かし》ましいと言うが、俺の前には五人の女の子が座っている。ここまでくると、姦しいどころじゃない。

「そんなに？」

「背も高くて足なんかすっごい長いし。しかも高そうな服着てるし、絶対に金持ち！」

「それって、うちの田島君よりもカッコイイ？」

………俺？

「田島君とはまた別のジャンルだよ。どっちかって言うと、門の前に立ってた人は綺麗系。ちょっと髪《かみ》長めで、目はきつくて～」

綺麗系で、きつめ……？

なんだか俺がこのところずっと頭を悩《なや》ませ続けてる人と、人物像が一致《いっち》するんですが。

「でもあれって誰か待ってるんじゃないの？　足下《あしもと》すごい吸い殻《がら》の数だったし」

「彼女とか!?」

そう自分で言いながら「そんなのいや～！」と苦しげな悲鳴を上げる。

「どこの女よ。あんないい男待たせてんの」

「学校終わって門のところにあんなすごい彼氏が待ってたら私、絶対自慢《じまん》する」

「私だってするわよ。わざとらしく見せびらかすわ！」

きゃあきゃあ声を立てて、さらに会話はヒートアップしていく。

「そんなにカッコイイ人なら、コレ終わったら声かけにいかない？」

「うーん。それは無理っぽい。カッコイイんだけど、かなり怖そう」

「そうそう、迂闊《うかつ》に近寄ったら睨《にら》まれそうだったもん」

カッコイイけど、怖くて、睨まれそう……？

――そんなのどう考えたって、智也さんしかいない。

「っ…」

あと二、三分すれば出欠を取るためのカードが回されてくるが、そんなの待つのも惜《お》しかった。俺は形だけ出していたノートをバッグにしまうと、教室を出て足早に廊下《ろうか》を駆《か》け出す。

うちの大学には門が二つある。一つは車通学・通勤用の裏門で、もう一つは徒歩通学者や外来者用の正門だ。彼女たちが言っていたのは、絶対に正門のことだろう。

確かめたくて仕方ない。

だけどそこに辿《たど》り着いた俺は、思わず呆然《ぼうぜん》としながら呟《つぶや》いてしまった。

「なんで……」

校門に寄りかかり、煙草《たばこ》を吸っているその後ろ姿は智也さん以外の何物でもない。

確かに、門限を破ったら大学まで迎《むか》えに来るとは言っていたけれど、まさか本当に来るとは思わなかった。

というか、なんで今更《いまさら》そんなことする必要があるんだ……？

だって、俺の役目は兄貴を連れ戻すことだけのはずだ。兄貴のバイト先のメモは渡《わた》したんだから、これ以上俺につきまとってもこの人に得るものなんてない。

もしかしたら兄貴に会って、よりが戻ったとでも報告しにきたんだろうか？ それで俺に出て行けとでも、言いに来たとか……？

どちらにしても――やっぱり、会いたくない。

「…なんて、何をビビってんだよ俺は」

授業を抜《ぬ》けてまで走ってきたのに、存在を確かめた途端《とたん》に逃げようとするなんて、俺は一体何をやっているんだろう？

最初は、智也さんと一緒に暮らしても苦じゃないと思った。

なのに突然苛々《とつぜんいらいら》し始めて、なぜか傷つけるようなこと言ったり、反面すごく優《やさ》しくしたいとふいに思ったり、キスしたり、仕舞《しま》いにはあんなことしたり……。

そして、あの夜から俺が智也さんのことばかり考えてるのも事実だ。

智也さんの存在が、気になって仕方ない。

今朝だって本当に帰りたくないなら、帰らないでいることもできた。なのに自分に言い訳までして荷物を取りに行ったのは、なぜだ？

今だって、そうだ。確かめたくてたまらなかったのはなぜだ？

待ってるのが智也さんじゃないかって、走ってきた。なのにそうだって分かった途端踵《きびす》を返したくなる。相反する自分の気持ちが分からない。

違う。分からないふりをしたいんだ。まだ、引き返すことができるように。

「智也さん」

呼びかけると、智也さんは何本目か分からない吸い殻を地面に捨てた。あの子たちの言っていた通り、地面にはたくさんの吸い殻が転がっている。

一体いつからそこにいたんだろう？

「何してんですか？」

聞くと、振り返りながら智也さんは新しい煙草に火をつけた。

眠《ねむ》そうな顔をして目を細めると普段《ふだん》以上に目つきがきつくなる。彼女たちが近寄りがたいと言っていたのも頷《うなず》けた。

「お前、今日も帰ってこないつもりか？」

「どうして、ですか？」

「俺が先に聞いてる。答えが聞きたいなら、お前が先に答えろ」

相変わらず不遜《ふそん》で傲慢《ごうまん》だ。そのくせ俺のことを、ここでひたすら待っていたりする。

「…まだ決めてません」

「門限は八時半だ。昨日のは大目に見てやる」

「……メモは渡しましたよね。後は智也さんと兄貴の問題で、俺は関係ない。俺が早く帰っても、兄貴は帰ってきませんから」

何を言ってるんだ。関係ないわけがないじゃないか。元々は兄貴と智也さんの問題で、俺こそ関係ない部外者だ。

それに獲物《えもの》の居場所はもう分かったんだから、餌《えさ》はもう必要ないはずだ。逃げも隠《かく》れもせずにそこにいるんだから、さっさと二人で話を付ければいい。

「帰る気がないなら、今ここで無理やり連れて行く」

智也さんはそう言うと、俺の腕《うで》を痕《あと》が残りそうなくらい強く摑《つか》んだ。

――この人の行動の理由が分からない。

「なんでこんなことするんですか？」

俺はその手を振《ふ》り払《はら》いながら、苛立ちを込めてそう言う。

「……やっぱり、幻滅《げんめつ》したのかよ」

すると、智也さんが自嘲《じちょう》気味に呟いた。それが何を指しているか分からなくて、俺は一瞬《いっしゅん》とまどってから、すぐにあの夜に言っていた智也さんの言葉を思い出す。

触《さわ》りたいと言った俺に、智也さんが言ったんだ。男だから幻滅するって。

「そうじゃないです」

「じゃあ、なんで帰ってこないんだよ？」

責めるみたいな目。

「春樹は関係ない」

「……兄貴とのトラブルに、俺を巻き込まないでください」

そう言うと、智也さんは眉《まゆ》を寄せて唇《くちびる》を噛《か》みしめた。

「俺は……春樹がいなくても、秋人がいればいい」

——なんだよ、それ。

それを聞いた俺は、思わずカッとなって智也さんを睨み付ける。

「俺でいいってなんだよ！　兄貴があんなだから、俺はそういうこと今までさんざん言われてきたけど、あんたにまでそんなこと言われるとは思わなかった」

胸《むな》ぐらを掴むと、智也さんは驚《おどろ》いた顔で俺を見る。

遠巻きでこちらを見ていた連中が、あからさまに興味津々《しんしん》な顔をこちらに向けていた。俺はことさら声を低くして、智也さんにだけ聞こえるように言う。

「悪いけど俺あんたに興味ないし、好きでもない。だからもう、二度と顔見せないでくれ」

「……っ」

最後に軽く智也さんの胸を突《つ》き飛ばすと、俺は踵を返して構内に戻《もど》った。

智也さんが呆然と立っているのは分かったけど、振り返る気にはならなかった。どんな顔してるかなんて知りたくもない。

『春樹がいなくても　秋人がいればいい』

冗談《じょうだん》じゃない。そんなの俺にとって、最大の侮辱《ぶじょく》だ。

兄貴に憧《あこが》れる女やフラれた女が、さんざん似たような言葉を口にしてきた。『春樹がダメなら、秋人くんでもいい』――そう言われるたびに、俺は所詮《しょせん》兄貴の代役でしかないと言われているような気分になったことを覚えている。

俺と兄貴を『似てない』と言っていた智也さんが、まさかそんな言葉を言うとは思わなかったのに――最悪だ。

どうせ兄貴に会いに行って、フラれたんだろう。だから俺のところに来たんだ。

「ダセぇな、俺」

なんだか泣きそうなくらいに胸が痛くて、俺は校舎には戻らずに人気《ひとけ》のない中庭のベンチに座り込んだ。

酷《ひど》いことを言った自覚はある。だけど、それ以上にひどいことを言われた自覚もあった。

あの人のことを考えるのはもうやめよう。

酔《よ》った上の悪ふざけなんか、そんなものさっさと忘れてしまうんだ。

「あの先輩《せんぱい》、今日も泊《とま》らせてもらってもいいですか？」

部室の壁《かべ》にある時計を見ると、時間は八時少し前。どちらにしても、これでは門限には間に合わない。もともと帰る気なんてないけどさ。

「いいけど。まだ元彼女いるのか？」

「もしかしたらいないかもしれないんですけど、いたら昨日より面倒《めんどう》なんです」

「タジも大変だねぇ」

大変だと思ってくれてるようには、全然見えないんですけど……。

今日は小西先輩を誘《さそ》ってシングルの試合をした。そのため俺も先輩も全身汗《あせ》だくだ。

結局勝負は俺の負け。三セット目は何とか取れたけど、一、二セットは完敗。

やはり小西先輩はテニスが上手《うま》かった。普段はいい加減なのに、試合になると途端に真剣《しんけん》な目つきになる。よく女にもてないもてないとぼやいているが、試合の時の雰囲気《ふんいき》をほんの少しでも実生活で出せたら、あっという間にその問題は解決するんじゃないかと思うくらいだ。

「タジ、窓の鍵掛《かぎか》かってるか見ろ」

「はい」

俺は着替《きが》えながら、曇《くも》り硝子《ガラス》窓のさびた鍵を確認《かくにん》する。

最後に部室を使った奴《やつ》が鍵を確認してから、部室を締《し》めてその鍵を管理室に返すのは暗黙《あんもく》の了解《りょうかい》だ。ただ、八時までに返さないと、後々事務局を通して苦情が来てしまう。

ちなみに、苦情が五回出れば部室の利用停止。部室を欲しがっているサークルは山ほどあるので、一度利用停止になると再び借りることは難しい。だから、皆《みな》かなり気を遣《つか》っている。

「じゃあ俺、管理室に鍵返してきます」

「おう、頼《たの》む。荷物持って外で待ってるよ」

そう言うと、小西先輩は俺のバッグを持って部室を出た。

俺は鍵を閉めると、慌《あわ》てて管理室に走る。ぎりぎり間に合った俺に、初老の管理員は「ご苦労様」と笑ってくれた。

再び部室前まで走ると、俺に気づいた小西先輩が手を振ってくる。

「お疲《つか》れー」

間延びしたお礼の言葉と共に受け取った自分のバッグを、俺は肩《かた》に掛ける。

「すみません、連日泊めて頂いて」

「別にいいさ。ま、春樹先輩のことじゃタジは昔から大変そうだったけど。なんか今が一番苦労させられてるっぽいしなぁ」

確かに……。

俺は昔から小西先輩に、よく『春樹先輩伝説』を聞かされていた。

多くはろくでもない悪戯《いたずら》や色事だが、中には一生知りたくなかったというようなものもある。

例えば中学の時、他校とのテニスの試合中に、応援《おうえん》席で兄貴の自称《じしょう》彼女三人が、応援そっちのけで乱闘《らんとう》したことがあったらしい。だけど、兄貴は試合で完璧《かんぺき》なスマッシュを決めたあと、そんな彼女たちに向かってさわやかに言ったそうだ。

『マミ、カナ、アヤコ、愛してるよ』

つまり三股《みまた》かけてました、ってことなんだけれど、まさに火に油を注ぐことにしかならないはずのその台詞《せりふ》で、彼女たちはおとなしくなった上『春樹ってば仕方ないわねぇ』なんて言いながら、後は仲良く試合観戦したらしい。

そこが兄貴のすごいところだ。普通《ふつう》そんな状況《じょうきょう》であんなことを言ったら、上手くまとまるわけがないのに、兄貴だと違《ちが》う。それこそ、天然タラシしか持ち得ない天賦《てんぷ》の才能だと思う。

「尻《しり》ぬぐいするの俺なんで、勘弁《かんべん》してほしいです」

「でもあんなに楽しいお兄さん、滅多《めった》にいないと思うぞ」

「じゃあ、先輩に熨斗《のし》つけて差し上げますよ」

「俺じゃなくても、欲しがる奴はたくさんいるんじゃないか？　中学時代に春樹先輩追いかけて同じ高校行った奴らたくさんいたし」

「はぁ!?」

俺が通っていた高校と比べて、兄貴の通っていた高校はかなり荒廃《こうはい》したところだった。体育科コースがある運動系が強い高校だったが、併設《へいせつ》されていた普通科はひどい荒《あ》れようで。偏差《へんさ》値《ち》は低いし、ヤンキーは多いし、プラスのイメージが全くない。おまけに、あそこは男子校だったはずだ……。

『面倒だから、近くて推薦《すいせん》で行けるところ』

そんな安易な理由でダメ高校に決めた兄貴に怒《おこ》って、親父《おやじ》は二日間何も食べなかった。親父なりのストライキだったんだろう。だけどそれも、母親の『馬鹿《ばか》じゃないの?』の一言で、強制的に終わったことを覚えている。

「あんなとこ行ったら、運動部じゃない限り進学は絶望的じゃないですか。いくら兄貴が行くからって、絶対に付いて行くわけないですよ」

そもそも安全な高校生活が営めるかどうかも疑わしいようなところに、兄貴の為《ため》だけに行って、人生を棒に振ろうなんていう奴がそんなにいるとは思えない。と言うか、有り得ない。

「それがいたんだな。お陰《かげ》であの高校、進学率が一時期上がったし」

「嘘《うそ》……」

「春樹先輩はカリスマ性があるからなぁ。女だけじゃなく、男だって春樹先輩と付き合いたいって奴は大勢いたし。それこそ、お前の立場さえも羨《うらや》ましいって思ってる奴らも多かったと思うよ?」

俺の立場って……まさか弟になりたい、とか?

代わりたいならいつでも代わってやったのに、何で俺に直接言ってこないんだ……。

「そういえば俺、兄貴の周りの人たちに嫌《きら》われてましたけど、あれは兄貴の弟だからっていう嫉妬《しっと》だったんですね」

「いや、それは春樹先輩関係ないよ。タジに問題があるだけ」

「俺ですか？」

「ああ。タジって誰《だれ》に対しても素直《すなお》に自分を出し過ぎるっていうか、生意気っていうか。お世辞もあんまり言わないいし、思ってることまんま顔に出るしねぇ。俺はタジのそういうところ好きだけど、周りから見たら結構ムカックんだろ？」

部室から正門に向かう途中《とちゅう》、俺は思わず歩みを止めて顔を押さえた。

さらりと痛いことを言ってくれる人だ。

「……そんなに顔に出てますか？」

「まぁね。他《ほか》の奴らにも、バレバレだろうなぁ」

――そんなにか。

考えてみれば昔から嘘が下手な俺が、上手いポーカーフェイスなんて作れるわけもない。どうしてこの十八年間生きていて、そこに気づかなかったんだろう。

「気をつけます」

「もう遅《おそ》いだろうけどねぇ」

「…………」

相変わらず容赦《ようしゃ》がない。

俺も小西先輩のこういうところは、お世辞ばかり言って腹の内を見せようとしない奴らよりも好きだ。だけど、ずばずば言い過ぎるのが難点だったりする。

兄貴は天然だけど、小西先輩《せんぱい》は確信犯だ。前に一度、兄貴が『小西は分かってて言うから質《たち》が悪いんだよな』と漏《も》らしていた。

「あー、そっか。分かったぞ」

再び歩みを再開すると、小西先輩がポンと手を打った。俺は不審《ふしん》に思いながら、先輩の顔を見た。

「……何がですか？」

「居座ってるのが女じゃなくて男だから帰り難《にく》いのか。お前そういうのに免疫《めんえき》ないもんな。だったら仕方ないか、遠慮《えんりょ》しないでいくらでも居ろよ」

俺は思わず言葉を失った。

何も言わない俺に、小西先輩は一人で勝手に納得《なっとく》している。

「本当、タジも大変だよなぁ」

「………」

どうしよう、否定するべきか？

いや、ダメだ。俺が小西先輩相手に、上手い嘘やごまかしが出来るとは思えない。だけど何も言わないと、肯定《こうてい》していることになってしまう。

というか、そもそもなんでバレたんだ？

さっきまで話していたのは、俺が生意気かどうかってことだったのに？

「な、なんでそう思うんですか？」

無理やり絞《しぼ》り出した声は、幸いにもうわずったりしなかった。

「だってお前、男だって春樹先輩と付き合いたがってたって言っても、全然驚《おどろ》かなかっただろ？」

「…………」

「それに、物怖《ものお》じしないタジが家に帰りたくないって言うほどの相手で、怖《こわ》くて、モテそうな奴。だけど春樹先輩の元恋人《こいびと》って言ったら、さすがに分かる」

――確かに、そんな女の子いるわけないか。

でも、出来れば気づかないでいて欲しかった。いや、気づいていても、気づかない振《ふ》りをしていて欲しかった。

「先輩は兄貴の性癖《せいへき》、知ってたんですか？」

「まぁな。春樹先輩が中三の時に付き合ってた、色黒の背の高い奴《やつ》のこと知ってる？」

「知ってますとも」

俺の脳裏《のうり》に、数年前の家族瞬間冷凍事件《しゅんかんれいとう》の記憶《きおく》が蘇《よみがえ》る。俺の人生でこれから何があろうと、彼のことだけは一生忘れられないだろう。

「そいつ俺の親友だったんだよねぇ。それでよく春樹先輩に関する相談とか受けてたんだ。最初はそいつの片思いで、俺が紹介《しょうかい》したんだけどさ」

そうか……あれは、あんたの仕業《しわざ》だったのか。それを知ったのがあの当時だったら、確実に殺意が芽生えていたと思う。

「兄貴は家族全員の前でそいつを『俺の恋人です』って紹介しましたよ」

俺がげんなりしながら言うと、小西先輩は目を丸くした後けらけらと笑った。

「やっぱすげー、さすがは春樹先輩。伝説が一個増えたなぁ」

そりゃ、あんたは他人《ひと》ごとだから良いだろうよ。

小西先輩は、歩みを再開した俺に「知らなかったなぁ」と言いながら、まだ肩《かた》を震《ふる》わせて笑っている。

だけど門まであと数歩というところで、先輩は突然《とつぜん》笑いを止めた。

「先輩？」

訝《いぶか》しく思いながら足を止め、俺は先輩の視線の先を辿《たど》った。するとそこには、智也さんが立っていたのだ。

門に寄りかかってこちらを見ている智也さんと視線が合った途端《とたん》、俺は「どうして……」と呟《つぶや》いてしまう。

「知り合い？」

俺の顔をのぞき込むようにして、先輩が聞く。

「居座ってる兄貴の元恋人です」

「……へぇ。追い返すんなら手伝おうか？」

「いえ、自分でなんとかします。先輩、やっぱり今日は泊《と》めて貰《もら》わなくていいです」

いつまでもこんな風に逃《に》げていたって仕方ない。

部屋に荷物も置きっぱなしだし、どうせいつかは対峙《たいじ》しなければいけないんだ。なら、さっさとケリを付けてしまった方がいいだろう。

「怖い顔してるけど、マジで大丈夫《だいじょうぶ》なのかよ？」

小西先輩が言う通り、こっちを睨《ね》め付ける智也さんの鋭《するど》い目は、その不機嫌《ふきげん》さを物語っていてかなり怖い。だけどこの人が怖いだけじゃないことも、俺はちゃんと知っている。

「そうですね。でも、あの人本当はそんなに怖い人じゃないんですよ」

出会った時は、俺も相当ビビって警察を呼ぶことまで考えたけれど、実際は何もされていない。むしろ俺が、この人に酷《ひど》いことをしてしまったくらいだ。

「本当に平気？」

「はい。それに小西先輩が絡《から》むと問題が余計にややこしくなりそうなんで、黙《だま》っててて貰えると嬉《うれ》しいです。先輩は故意にやるから」

「失礼な奴だな」

そんなことを言いながらも、小西先輩はくすりと笑うと門に向かって歩き出した。

「じゃあな、タジ」

「あ、はい。お疲《つか》れ様です」

そして門から少し距離《きょり》を置いて立ち止まったままの俺に構わず、小西先輩は智也さんとすれ違《ちが》う。その瞬間、二人の目がチラリと合ったのが見えた。

――というか、何で小西先輩が智也さんを睨《にら》むんだよ……？

疑問に思っていると、先輩は少し行ったところで俺の方を振り返った。

「タジ。何時になってもいいから、心配だから一回メール入れてよ。待ってる」

女の子じゃあるまいし『待ってる』って何だよ。そう思いながらも、俺は心配して貰ったことがちょっとだけ嬉しくて、笑って「分かりました」と返した。

いくら俺が怖い人じゃないとフォローしても、暗い中でこちらを睨み付ける智也さんは小西先輩から見れば、危険人物なのだろう。

俺が近づくと、智也さんは寄りかかっていた門から背を離《はな》し、俺の手首を摑《つか》んだ。今度は俺も、振り払《はら》うようなまねはしなかった。

触《ふ》れた指は、ひどく冷えていて痛々しい。あれからずっと、来るか来ないか分からない俺を、ここで待っていたのだろうか？

「今のは？」

「サークルの先輩です」

「心配って何だよ？」

「俺が智也さんに何かされるんじゃないかって、ことでしょうね」

「へぇ…」

智也さんは馬鹿《ばか》にするみたいに笑うと、俺の手首を摑んだまま、ずかずかと歩き出した。俺はされるがまま智也さんに従った。智也さんの横顔は張りつめていて、ふとしたら泣き出してしまいそうに見えたのだ。そんな顔を見たら、振り払うなんてとてもできない。

駅のホームでも、電車の中でも、智也さんは絶対に俺の手を放そうとしなかった。俺の手首を摑む智也さんの指先は、力を入れすぎて白くなっている。電車の中なんて逃げる場所もないのに、その拘束《こうそく》は全く緩《ゆる》まない。

「手を放してください。逃げませんから」

「うるせぇ、黙れ」

一度だけ言うと、返ってきたのは刺々《とげとげ》しい言葉だった。

電車のドアにもたれて立ちながら俺は、窓の外を眺《なが》めた。いや、正確には窓に映る智也さんのうつむいた横顔を見てた。

ぎゅっと閉じられた瞳《ひとみ》と唇《くちびる》。ちょっと疲れた表情。

俺にはやっぱり、智也さんがなんでこんなことをするのかが分からない。

この人が好きなのは間違いなく兄貴で、俺はその兄貴と少しも似ていない。あんな風に可愛《かわい》いわけじゃないし、押し倒《たお》してどうこう出来るタイプでもない。

智也さんはただ代役がほしいだけで、俺が好きなわけじゃない。だったら俺が身代わりになんか到底《とうてい》なれないことは、この人が一番分かっているはずだ。

「…っ…」

電車を降りていつもの道を歩いていると、智也さんは小さくくしゃみをした。今日は冷え込んでいるわけじゃないけれど、一日中外に立っていたらさすがに寒いだろう。

そして、マンションのエレベーターの中でも拘束されたままだった俺が手を放して貰えたのは、結局家に入ってからだった。手首はすっかり赤くなっている。

「………」

落ちた沈黙《ちんもく》に俺はどうしていいのか分からず、とりあえずリビングに向かおうとした。すると、智也さんは弾《はじ》かれたように顔を上げて、俺の服を摑んだ。

「智…」

「俺は、お前を春樹の代わりにしようとなんて思ってない！」

名前を呼ぶ声を遮《さえぎ》って、智也さんが叫《さけ》んだ。

「春樹はどうでもいいんだ」

「どうでもいいって…」

兄貴に会いたくて、ずっとこの部屋に居座っていたくせに。俺を餌《えさ》にしてまであんなに必死だったくせに、どうでもいいわけないだろう？

「……お前と居るときに、春樹のことなんて思い出したりしなかった。フラれてからずっと、春樹のことを考えない時はなかったのに」

「でも……」

「黙って聞けよ」

智也さんが涙《なみだ》の膜《まく》が張った目で真っ直《す》ぐ見つめてきたので、俺は黙らざるを得なかった。そうこうしているうちに、目からは涙がこぼれ落ち始めてしまう。

「お前が、ノーマルだって知ってる。遊びで誰《だれ》かと付き合ったりしないタイプなんだろうってことも、俺のこと好きじゃないってことも、知ってる。嫌《きら》われてるんだってことも、分かってるんだ」

泣き顔を隠《かく》そうと、智也さんは顔に手を当てた。

「お前が帰ってこないから、顔も見たくないのかって悲しくなった。俺はどうすればお前に好かれるのか分からないし、どんなにがんばったって、俺は男だし」

「智也さん…」

「お前が嫌《いや》だって言うところ、全部直す。だからそばにいろよ。俺のこと嫌いでいいから、帰って来いよ。お前が帰ってくるまでずっと、待ってるから……だから…」

顔を上げた智也さんの目は、涙を一杯《いっぱい》に溜《た》めて揺《ゆ》れていた。それを見た瞬間、俺は衝動的《しょうどう》に智也さんを抱《だ》きしめていた。

「……っ」

――ダメだ。こんなことすべきじゃない。

俺は自分の中の気持ちが、まだ恋《こい》かどうかなんて分からない。優柔不断《ゆうじゅうふだん》かもしれないけれど男同士で付き合う決心も、まだ出来ていない。

抱きしめるなって、理性は警告してる。でも俺には、縋《すが》り付いてくる智也さんを突《つ》き放すことなんて到底できなかった。

「なんでもするから、俺のこと好きになれよ」

「…………」

智也さんが俺を好き……？

突然《とつぜん》の告白に、頭が混乱している。俺は黙ったまま、ただ智也さんの首筋に顔を埋《うず》めた。芯《しん》まで冷えた髪《かみ》が頬《ほお》に当たる。

すると智也さんが、途《と》切《ぎ》れ途切れに言葉を紡《つむ》ぎ始めた。

「……なんで何も言わな…い？　俺のこと嫌いなら嫌いって、そう言えよ。男なんてまっぴらだって言って……突き放せよ。同情されるのなんて、大嫌いなんだ…」

突き放せというくせに、震《ふる》えながら縋り付いてくる智也さんの指。俺は、崖《がけ》っぷちに立たされたような気分になった。

「……すみません」

同情しているつもりもないし、嫌いなわけでもない。どちらかというと、智也さんのことはずっと気になっている。

でも、分からないのだ。今まで全く恋愛《れんあい》対象外だった男を、そんなに簡単に自分が好きになれるのか。それも相手は、兄貴の元恋人《こいびと》だ。

「嫌いじゃないけど、でも恋愛感情があるかって言ったらまた別で……分からないんです」

俺は自分の正直な気持ちを、隠さず口にする。

「……この間のは気持ち悪かったのか……？　あれから、素っ気なくなっただろ」

不安げに聞かれて、俺は慌《あわ》てて首を振《ふ》った。この間のっていうのは、間違いなく酔《よ》った日のことだろう。

何度も思い出して自己嫌悪《けんお》はしたけれど、気持ち悪いなんて考えもしなかった。

「あれは、悪かったと思ってます」

「後悔《こうかい》してんのかよ……」

涙を溜めた目にじっと見られて、俺は嘘《うそ》もつけずに「……そういうわけじゃなくて」と言ってしまう。

「……すごく良かったですよ。あんた、あんな顔するの反則だ」

ため息混じりで言うと、智也さんは確認《かくにん》するみたいに聞いてきた。

「嫌じゃ、なかったんだ？」

「……はい」

「俺が男でも、気持ち悪くなかったんだな?」

「はい」

それは嘘じゃない。だから、俺は素直《すなお》に返事をする。

すると突然、智也さんが俺の手を引いた。

「――じゃあ、確かめてみればいい」

そう言って、そのままリビングを横切ると、いつも自分が使っている方の部屋を開けた。

「入れよ」

そこは俺が使っている兄貴の部屋と同じぐらいの広さで、入ってすぐ目の前に一人で寝《ね》るには少し大きめのベッドが置いてあった。横にある机の上には、ケースに入ったCD－ROMと書類の山、それからパソコンが置かれている。机の下には、プリンタやスキャナらしき周辺機器が見えた。

「……凄《すご》い……」

おまけに壁《かべ》を埋め尽《つ》くした棚《たな》には、目一杯に本や書類が詰《つ》め込まれ溢《あふ》れているし、床《ゆか》には電気のコードが縦横無尽《じゅうおうむじん》に這い回っていて足の踏《ふ》み場もない。

そんな無機質な部屋の中で唯一《ゆいいつ》、窓枠《まどわく》のわずかなスペースに手のひらサイズのサボテンの鉢《はち》がいくつか置かれているのが目に入った。

間違いなく全部、智也さんの私物だろう。確実に兄貴の物じゃないってことは、弟の俺が一番分かる。兄貴は機械系に全く興味がないはずだ。

――もしかして、智也さんは兄貴の家に居座っていたのではなく、一緒《いっしょ》に住んでいたんだろうか……？

荷物はこの一～二週間で持ち込まれた物には見えないし、使い込んでいるだろうということは、散乱した荷物を見れば一目瞭然《いちもくりょうぜん》だ。

どうして、俺は今まで気づくことが出来なかったんだろう。

同棲《どうせい》していたというのなら、兄貴がこんなに広いマンションを借りられたのも、智也さんが出て行かずに居座っていたことも納得《なっとく》出来る。

でも、だとしたらどうして兄貴は『もしかしたら変な男がいるかもしれない』なんてことを言ってたんだ？

俺が疑問に思っていると、智也さんはいきなり薄《うす》い黒のスプリングコートを床に落とし、着ていたTシャツを脱《ぬ》いだ。

「な、なにして…」

「うるさい」

ピシャリとそう言って、智也さんは濃《こ》い緑色で統一されたベッドの上にためらいもなく服を脱ぎ捨てると、あっという間にボクサーパンツ一枚になってしまった。露《あら》わになった肌《はだ》は、なんだか目のやり場に困る。

「ちょ、確かめるっていきなりこれかよ！」

だけどそんな抗議《こうぎ》など無視して、智也さんは俺の腕《うで》を掴《つか》んでベッドの上に押し倒《たお》した。

「まずは男がいけるかどうか、そこから試《ため》そうぜ。俺を好きかどうかは、その次の問題だ」

「は…？」

さっきまで泣いてた人とは思えない発言に、俺は唖然《あぜん》としてしまう。

まさか、アレは嘘泣きだったのか!?

そう叫びたくなるぐらい、智也さんの表情は豹変《ひょうへん》してた。

さっきまでぶるぶる震えてた子ウサギが、いきなり餌を目の前にした雄《おす》ライオンになってしまったような。いや、どっちかっていうと智也さんは豹に近いけど——ってそうじゃなくて！

「秋人…」

囁《ささや》きながら、智也さんは俺の首筋にゆっくりと指を這わせていく。その顔は自信満々で、余《よ》裕《ゆう》すら垣間《かいま》見えた。

「びくつくなよ。やられんのが嫌なら、俺が受けてやってもいいんだぜ？」

ちょっと待て、この人は俺をやろうとしてたのか？

——有り得ない…。

「なんだよ。俺を抱ける男なんてそうそういないぞ。光栄だろ」

智也さんは不満そうに言って、唇《くちびる》をとがらせた。

抱く側が当たり前の俺には、それがどう光栄なことなのかは分からない。けれどよく考えたら、兄貴をやっていた奴《やつ》を今度は弟の俺がやるってことなんだよな。

それって…どうなんだろう？

「経験に勝《まさ》る知識なし。考えてるよりもやってみた方が早い」

「覆水盆《ふくすいぼん》に返らずですよ。もしやってみてダメだったら、どうするんですか？」

やってみてハマったらそれはそれで怖《こわ》いけれど、逆に上手《うま》く出来なかったら、不能とか下手とか、智也さんに酷《ひど》いこと言われそうな気がする。そんなことを言われたら、俺は絶対に立ち直れない。

「やっぱり、やめておきましょう」

そう言って智也さんの下から抜《ぬ》け出そうとしたら、首筋をぺろりと嘗《な》められた。突然のことに驚《おどろ》いて、俺の心臓はどきんと大きく音を立てる。

「……秋人、お前の汗《あせ》のにおいすっごくくる」

「っ」

囁かれた途端《とたん》、ヤバイくらいに体が熱くなったのが分かった。

「あの……」

今まで俺は男相手に恋愛なんてしたことがない。いつも好きになる相手も、好きだと言ってくれる相手も女だった。男なんかとエッチすることになるなんて、考えもしなかった。

なのに、男の智也さんに嘗められてこんな風に囁かれても、気持ち悪いとも感じない。

それどころか――たったそれだけのことで、理性が崩壊《ほうかい》しそうになっている。

「智也さん……」

「誘惑《ゆうわく》を逃《のが》れる道は誘惑に屈《くっ》することだ。オスカー・ワイルド」

名前を呼ぶと、また制止されると思ったのか、智也さんは俺の言葉を遮《さえぎ》って訳の分からないことを言った。

「誰《だれ》ですか、そいつ。そいつは兄貴の元彼に誘惑されたことがあったって言うんですか？」

「さぁな。男色で刑務所《けいむしょ》入ったことはあるみたいだけど」

「……そんな奴の言葉持ってこないでください」

「じゃあ、長いこと考え込んでいる者がいつも最善のものを選ぶわけではない。ゲーテ」

言いながら、智也さんの指が俺の服の中に忍《しの》び込む。そしてもう片方の手で、智也さんは器用に俺のシャツを脱がし始めた。

「ゲーテね……。シェイクスピアと同じところで聞いたような気がします」

「同じところってどこだよ」

すらりとした足で俺を跨《また》いだ智也さんの体は、無駄《むだ》のないしなやかな筋肉をまとっていて綺《き》麗《れい》だった。服を着ている時よりも痩《や》せて見えるのは、気のせいだろうか？

「国語の教科書か、英語の教科書ですかね」

「……お前、国立大学だったよな？」

智也さんは勝手に俺のジーンズのベルトに手をかける。俺はもう、なんだか抵抗《ていこう》するのも面《めん》倒《どう》になってされるがままになっていた。

「すみません、AO入試だったんで。今度のテストで一つでも赤とったら、必修の単位貰《もら》えないような状態です」

その言葉を聞いた智也さんは、流石《さすが》に手を止めて俺を見た。

「一年から留年かよ。しかもまだ六月だろ」

「必修の教授が厳しくて」

しばらく本気で呆《あき》れたあと、智也さんは自分がベッドの上に居るのを思い出したのか、動きを再開して俺のジーンズを取り去った。

「マジでするんですか？」

「今更《いまさら》。ここまで脱いでおいてしないでどうするんだよ」

「まぁ……そうですけど」

確かに口では躊躇《ちゅうちょ》しているようなことを言いながらも、俺の中でだんだんと目の前の智也さんに触《ふ》れたいという衝動《しょうどう》が湧《わ》き上がり始めていることは否定できない。

やっぱり止《や》めようなんて今言われたら、ちょっと暴れそうな気がするし……。

「秋人は俺の言う通りに動けばいい。痛いことは何もないから、気持ちよくしてやるよ」

なんだかまるで処女に言うような台詞《せりふ》を囁きながら、智也さんは片手で俺の下着の中に手を入れてくる。それからもう一方の手で俺の頰《ほお》を固定すると、軽くキスをしたあと口腔《こうこう》に舌を差し入れてきた。歯列をなぞる舌先からは、煙草《たばこ》の味がする。

一方的にされるのは性《しょう》に合わなくて、俺は口付けたまま体勢を入れ替《か》えると、智也さんの舌を追いかけた。

「ん…」

智也さんはかすれた声を漏《も》らすと、俺の手を自分の胸の突起《とっき》に導いた。

慣れた仕種《しぐさ》に、俺は過去に智也さんを抱《だ》いた奴らの影《かげ》が見えた気がして、何となく苛《いら》ついて強引《ごういん》にその胸を揉《も》みしだく。

「……ぁ……んっ」

これが女相手じゃないってことは勿論《もちろん》分かってるけど、俺は男同士の正しいやり方なんか知らない。だからとりあえず、俺のやりたいようにやらせて貰うことにした。

「よくなかったら言ってください」

俺の言葉に智也さんは視線をくれたけれど、何も言おうとはしなかった。

胸に顔を埋《うず》めると、片方を手で摘《つま》み上げながら、もう片方に舌を伸《の》ばす。唾液《だえき》で濡《ぬ》れた唇が触れた途端、智也さんは吐息《といき》を漏らして背中を反らした。

軽く音を立てて吸い上げる。きつく吸ったら、智也さんの口から嬌声《きょうせい》が漏れた。

「あっ」

それが場を盛り上げるための演技なのかどうかは俺には判断はつかなかったけど、甘い声は聞いてるだけで興奮してくる。

「ん…はっ…」

一度顔を上げると、智也さんは恥《は》ずかしそうにふいっと横を向いて、俺と視線を合わせるのを避《さ》けてしまう。

そんな些細《ささい》な仕種さえも可愛《かわい》く思えて、俺は智也さんの髪《かみ》を撫《な》でてみた。

「――そういえば、兄貴には会ったんですか？」

「何…？」

ぼんやりした焦点《しょうてん》のまま、智也さんが聞き返す。

「兄貴に会いに行ったんですか？」

「行ってねぇよ」

今度ははっきりと聞こえたらしく、ムッとしながら智也さんが応《こた》えた。

てっきり兄貴のところに行ったんだと思っていた。だけど、行かずに大学まで来てくれたのかと思うと、少しだけ俺は嬉《うれ》しくなってしまう。

「って言うか、何で途中《とちゅう》で止めるんだよ。せっかく俺が受けてやってんだから、もっとありがたがってちゃんとやれよ」

「はいはい、ありがたいです」

「……お前、最悪。全然余裕じゃん」

悔《くや》しそうに言ってから、智也さんは両手を俺の首に回して引き寄せると、足に自分のものを擦《こす》りつけてくる。そこは酷く熱を持っていて、俺は智也さんの高ぶりを思い知らされた。

「そんなに俺としたかったんですか？」

揶揄《やゆ》すると、少し耳を赤くしながらギュッとしがみついてくる。

だけど耳を甘《あま》噛《が》みしながら腰《こし》を抱いた途端、智也さんが「痛っ」と小さく呻《うめ》いた。

「え？」

「そこ、触《さわ》るな」

背中というか腰というか、その部分に触れると智也さんはまた痛がる。

「この前やられた時のが、まだ治ってねぇんだよ」

額の痣《あざ》はほとんど消えかけているけれど、そう言えば背中もケガをしたと言っていた。だけど、あのときは背中を触っても今ほど過敏《かびん》な反応は見せなかったはずだ。

もしかして酷くなっているのかもしれないと、俺は途端に心配になった。

「ちょっと、見せて貰っていいですか？」

言いながら智也さんの上からどいて、俺はその体を俯《うつぶ》せる。行為《こうい》を中断されるのが不服そうだったが、智也さんは何とかおとなしく背中を見せてくれた。

「これって、相当痛そうなんですが」

白い背中に浮《う》かび上がっている青紫《あおむらさき》の痣。指先で触れるか触れないか程度に痣を辿《たど》ると、智也さんは少しだけ顔を顰《しか》めた。

なんであのときちゃんと言ってくれなかったんだろう。放《ほう》っておいたから、未《いま》だに治らないんじゃないのか？

「骨とか、大丈夫《だいじょうぶ》なんですか？」

盛り上がった肩胛骨《けんこうこつ》のラインから、腰までの綺麗な曲線。浮き上がる背骨と、その両脇《りょうわき》のくぼみ。

俺は俯せた智也さんの両足を跨いだまま、その月明かりに照らされる姿態を見ていた。背中ですら男のものだとはっきり分かる体なのに、その姿がひどく官能を誘《さそ》う。

「動けるし平気だろ？　触らなきゃいいだけ。も、いいだろ？」

居心地《いごこち》悪そうに体を反転させようとした智也さんを、俺は肩胛骨を押さえて止めた。

「……何だよ」

訝《いぶか》しげに智也さんがこちらを振り返る。

どうしてこの人は、体のパーツどこをとっても魅力《みりょく》的なんだろう。男の体に欲情するなんて異常だと思っていたけれど、そんなのどうでもいいような気になってくる。

「秋人？」

そして名前を呼ばれた瞬間《しゅんかん》に、抑《おさ》えてた俺の中の衝動が破裂《はれつ》した。男同士のやり方なんてろくに知らないけれど、それでもしたいと思ってしまう。

「ん…っ…」

不自然な体勢のまま無理やり口付けたあと、俺は唇《くちびる》を離《はな》した。

「いきなり、何だよ…」

「すみません」

不機嫌《ふきげん》な声に思わず謝ってから、俺は後ろから抱きしめて彼の耳に歯をたてた。あの夜と同じでピアスだらけの智也さんの耳は齧《かじ》りにくい。

「っ…あき…」

名前を呼ばれるだけで、劣情《れつじょう》が増していく。

「男同士って、どうやるんですか」

「…っ」

掠《かす》れた俺の声が欲望にまみれていることは、おそらく智也さんにも伝わったんだろう。ボクサーパンツの中に手を入れると、智也さんの猛《たけ》ったものがびくりと震《ふる》えた。

「やめ…っ」

「やめません」

だけど、俯せのままじゃ触り難《にく》い。仕方なく智也さんをベッドの上に座らせると、俺はその体を背後から抱き込んだ。

膝《ひざ》を立てて座らせた智也さんの太股《ふともも》に手をかけて、張りつめた筋肉の上の滑《なめ》らかな肌《はだ》を指先で辿る。すると、智也さんが真っ赤になって怒《おこ》り出した。

「やらしい触り方すんなよっ！」

「だったらどうやるか教えて下さい。俺、男初めてなんで」

どこに入れるのかは知っているけれど、どうするのがマナーなのかは知らない。

「ね、どこに入れんの？」

意地悪く聞きながら、赤く染まった首筋を甘嚙みした。

黙《だま》ったまま教えてくれようとしない智也さんの下着を取り去って、俺はその根本を摑《つか》んでゆるくこすり上げる。

するとまるで何かを耐《た》えるみたいにして、智也さんが息を止めたのが分かった。

まさか今更嫌《いまさらいや》になったとか言い出す気だろうか？

冗談《じょうだん》じゃない。こっちはもう収まりがつかないところまできてるってのに、そんなこと言われたって困る。

「あんた聞いてるのかよ？」

俺の口調は、次第《しだい》に責めるようなものになってしまう。

後ろから回した手で突起《とっき》を嬲《なぶ》ると、智也さんはそれを止めようと俺の腕《うで》を押さえた。ほとんど力が入っていないせいで止めるというよりは触《ふ》れている状態に近いが、抵抗《ていこう》じみたその行動が気に入らない。

「智也さん？」

声に苛立《いらだ》ちを込めると、弱々しい返事がきた。

「なんで、いきなり…」

——なんで、いきなりやる気になったのか？

そんなこと理屈《りくつ》じゃないから説明なんてできないが、誘われた時から俺がその気だったのは、智也さんだって気づいていたはずじゃなかったのか？

「どうでもいいだろ。それとも、ここまできてしたくないとか言うんですか？」

「そうじゃねぇけど……お前、なんか怖《こわ》いんだよ」

「怖い？」

「……後ろからされるの好きじゃねぇ。顔見えないと、なんか怖い」

「どこの処女ですか、あんた」

俺がため息を吐《つ》きながら拘束《こうそく》を解くと、智也さんはベッドの下からキャスターの付いた木箱をごろごろと引っ張りだした。

木箱の中には目を覆《おお》いたくなるような物も入っていたが、その中から智也さんは手のひらサイズのボトルを取り出すと俺に手渡《てわた》した。

香水《こうすい》を入れるアトマイザーよりは少し大きめのそのボトルの中には、透明《とうめい》のとろりとした液体が入っている。

「何コレ？」

不思議に思いながら月明かりに照らしてみると、ようやく細かい説明書きに目がいった。

カタカナで書かれた商品名。その商品名の最後には「オイル」とある。

「女が保湿《ほしつ》に使うオイル。で、こっちがローション」

そう言って、今度はオイルと書かれたボトルよりも少し大きめな物を渡してくる。

なんでエッチの最中に、オイルとローションが出てくるんだ？

「……マッサージでもしろって言うんですか」

「違《ちが》う……男だからそんな濡《ぬ》れねーんだよ、女と違って」

「はぁ」

半ばヤケになりながら智也さんは言うと、今度は例の木箱の中からコンドームを出してきた。

それも二個もだ。

この人、ベッドの下に他《ほか》に何入れてんだろ。

「何でゴムが必要なんですか？　妊娠《にんしん》するわけじゃないし」

避妊《ひにん》具なんて男同士で使う意味あんのかな？

「いろいろとあんだよ、男同士でも」

「二回する気なんですか？」

「……馬鹿《ばか》。お前と俺の分だよ」

「入れるの俺だけですよね？」

「……俺がするのは、ベッドが汚《よご》れんの防止のため」

いちいち説明するのが面倒《めんどう》なのか、次第に智也さんの口調が乱暴になる。そして智也さんは自分のゴムを着けると、慣れた動作で俺にも着けてくれた。

「……ほら、それ」

「あ、はい」

俺は渡されたローションとオイルを、ベッドの上に足を開いて座った智也さんの張りつめたものの上に垂らす。智也さんは後ろに手をついてその様を見ていたが、ローションとオイルが垂れて秘所にたどり着くと、真っ赤になって顔を逸《そ》らした。

「なんか、すごいエロいですね」

「……うるせぇ」

女の子みたいにいやらしく濡れて、映像的には十八禁なんてレベルじゃない。

「すみません」

悪態を吐く体をベッドに押し倒《たお》すと、智也さんは両手で顔を覆ってしまった。

俺はボトルが空になるまで智也さんの秘所の上に中身を垂らす。そして、白濁《はくだく》したローションでどろどろになった後孔《こうこう》に指を当てると、智也さんの体がびくりと緊張《きんちょう》した。

「指、入れますよ」

大した抵抗もなく入った指を中でぐるりと回したが、思ったほどには窮屈《きゅうくつ》じゃなかった。俺はきつい入り口を解《ほぐ》しながら指を増やす。

「ん…っ」

智也さんの体が強張《こわば》って、無意識なのか足を閉じようとしている。それを阻《はば》むようにして両足の間に自分の体を挟《はさ》み込ませると、キスができる体勢になった。だけど智也さんは、両手で顔を隠《かく》したままだ。

「智也さん…」

俺は舌を伸《の》ばすと、智也さんの指の隙間《すきま》に見えたその唇《くちびる》を嘗《な》めた。その間も指は、遠慮《えんりょ》無く智也さんの中に何度も出入りを繰《く》り返す。

くちゅくちゅと音を立てるそこがいやらしくて、俺は余計に興奮した。

ローションのおかげでぬるついた智也さんのものと自分のものをすりあわせていると、喘《あえ》ぎ声の合間に名前が呼ばれる。

「あき、と」

「なに？」

思った以上に焦《じ》れた自分の声。

「……処女、抱《だ》いたことあるか？」

「ありますよ。なんで？」

「ん、それなら、いい」

——何でそんなことを聞くんだろう？

疑問には思ったけれど、それを再び確かめる余裕《よゆう》はもう俺にはなかった。

「あ…んっ…」

両手で顔を覆っているせいで、智也さんがどんな風に感じているのかは分からない。だけど上がる声は甘いし、前も萎《な》えてはいないから大丈夫《だいじょうぶ》だろうと推察して、俺は自分のものを今まで指が入っていたところにあてがった。

「…っ」

両手で尻《しり》を摑み親指を後孔の中に入れて左右に引っ張ると、智也さんの体が強張ったのが分かった。だけど俺はそれに構わず腰《こし》を進め、亀頭《きとう》がある程度入り込んだ後は女にするのと同じようにして一気に突《つ》っ込んだ。

「キッ…」

そのあまりの締《し》め付けに、俺は一瞬《いっしゅん》言葉に詰《つ》まった。まだ全部入ったわけじゃないのに、このキッサはちょっとヤバイ。

「ひ…あっ…」

せめて少しでも弛《ゆる》めて貰《もら》えないかと思っていると、覆った手の下から智也さんが初めて甲高《かんだか》い声を上げた。

俺はどうしてもその顔が見たくて、逃《に》げようとする腰を引き寄せてから、智也さんの手を顔から無理やり引きはがす。

だけど――現れた智也さんの顔を見て、俺は驚《おどろ》いた。

「ちょ、あんた何泣いて…」

「…うる、さい…っ」

涙《なみだ》に濡れた両目で俺を睨《にら》み付け、智也さんは細かく震《ふる》えながらしがみついてくる。だけど力が入らないのか、すぐにその手はシーツの上に落ちてしまう。

「秋人……痛ぃ…」

「な…」

なんでだよ!? と言いそうになってから、俺はまさかと思う。

「初めてとか、言わないでくださいよ?」

恐《おそ》る恐る聞くと、智也さんは潤《うる》んだ目のまま、答えもせずにふいっと横を向いてしまった。

――やっぱりか…。

だから智也さんはさっき、俺に処女を抱いたことがあるかなんて聞いたのか。

でも、俺が抱いたことがあるのは女の処女であって、決して男の処女じゃない。大体、俺は男を相手にするのは初めてなんだ。

予備知識もない俺が、抱かれるのが初めての智也さんと上手《うま》くやれる自信はない。

「智也さん、やめときましょう」

だけど、そう言って一度抜《ぬ》いてしまおうと身じろぎした途端《とたん》、智也さんは慌《あわ》てて俺にしがみついてきた。その手は震えていて拘束力はなかったけれど、それを補うようにして、智也さんは言葉で俺の行動を引き留める。

「やだ、やめるな」

「そんなこと言っても、これじゃ俺もあんたも辛《つら》いだけだろ」

腰を引こうとすると、智也さんはまるで子供みたいな口調でまた「やだ」と口にした。

「やだ、秋人。俺がんばるから、だからやだ」

「…っ」

どうしてこの人は、こんなにも必死になって続けようとするんだろう？

顔を隠して、強気な口調で振《ふ》る舞《ま》って、余裕があるように見せかけて。そのせいで、俺はまんまと騙《だま》されてしまった。

「がんばるって言っても、これじゃ無理です」

「…無理、なんかじゃない…」

「でも」

「これで終わりなんて…絶対、嫌《いや》だっ」

喧嘩《けんか》腰な口調と、真っ直《す》ぐに睨み付けてくる瞳《ひとみ》。

どう言っても引こうとしない智也さんに、俺はもう折れるしかなかった。そうしないと、さすがに俺も辛い。

こんな痛いセックスは生まれて初めてだ。きっとお互《たが》いに、本気で苦しい。

「……わかりました。でも、どうにかしないと」

諦《あきら》めてそう言うと、智也さんはそろそろと足を開いた。そして逡巡《しゅんじゅん》しながらも、自分のものに手を伸ばして愛撫《あいぶ》しはじめる。その煽情《せんじょう》的なその光景に、俺は目を離《はな》せなくなった。

「……っ…」

これ以上、俺を煽《あお》ってどうするつもりだよと言いたくなったが、しばらくすると締め付けが少しだけ緩《ゆる》んだことに気がつく。

「秋人…」

乞《こ》われるように名前を呼ばれ、俺は自らを扱《しご》く智也さんの手の上に手を重ねた。オイルでぬめる手の中にある熱の塊《かたまり》は、素直《すなお》に反応を返す。

「んっ…う…ぁ」

俺はなんだか堪《たま》らなくなって、荒《あら》い呼吸を繰り返す智也さんの口をキスで塞《ふさ》ぐ。すると嬌《きょう》声《せい》の合間に、まるで自分を抱いている相手を確かめるかのようにして何度も名前を呼ばれた。ゆるゆると腰を動かすと嬌声はさらに大きくなる。

「ぁ…あ…秋人、んぁ…！」

「智也さん、すごい」

タイミングを見計らいながら全部を埋《うず》めきった俺は、そう言って思わず長く息を吐《は》く。熱に浮《う》かされたような目で俺を見上げる智也さんの唇は、唾液《だえき》に濡《ぬ》れていやらしく光った。

「んっ…んぁ」

「あんた、すげぇ格好だよ。分かってる？」

俺に膝《ひざ》の裏をすくわれたまま大きく足を開いて、自分のものに手を沿えて。奥まで突くと、智也さんの体はびくびくと震える。

「まだ痛い？」

「や…ぁ…あ…いい…」

まるで力が入らないのか、揺《ゆ》さぶるたびにがくがくと揺れる智也さんの足。俺はそれを軽く持ち上げると、角度を変えてまた突き上げる。

見え始めた限界に俺は揺さぶる速度を速めると、智也さんのものを握《にぎ》り込んで促《うなが》すように先端を指の腹で押した。

「ひっぁ…っ…秋人…ぃ」

ひときわ大きく震えた体が、俺より一足先に精を吐き出す。すると中がきつく収縮して、その波に呑《の》まれるようにして俺も限界を迎《むか》えた。

「……っ…」

中から引き抜くと、どろりとしたローションやらオイルやらが一緒《いっしょ》に出て来てしまう。俺は満足感と疲労《ひろう》感で一杯《いっぱい》になって、ぐったりとベッドの上に転がった。そんな俺に、智也さんが顔を動かして、ぼんやりと視線を合わせてくる。

「なんか、俺むちゃくちゃやってすいませんでした…」

俺の言葉に智也さんは、涙が滲《にじ》んだ潤んだ目で瞬《まばた》きを一度した。

「……キス」

小さく呟《つぶや》かれた俺は、思わず触《ふ》れるだけのキスをする。すると、智也さんはゆっくりと目を閉じて、すうっと眠《ねむ》りに落ちてしまった。

「智也さん…?」

今日は一日中外で俺を待っていた上に、こんなことまでして、泣いて喘《あえ》いで……相当疲《つか》れていたんだと思う。もろもろの液で汚《よご》れた体を近くにあったティッシュで拭《ぬぐ》ったときも、智也さんは目を覚ますことはなかった。

——さすがに、俺も眠いかもしれない…。

今日のこととかこれからのこととか、考えなきゃいけないことは大量にあるのは分かっていたけれど、俺は考えること全《すべ》てを放棄《ほうき》する。

そして裸《はだか》のまま、智也さんと同じベッドで眠ってしまったのだった。

「で？」

「でって、言われても」

目が覚めたら、すでに智也さんは起きていた。部屋に充満《じゅうまん》する煙草《たばこ》のにおいから考えて、結構前から起きていたらしいことが分かる。

カーテンの隙間《すきま》から日の光が差し込んでいるってことは、もう朝なのか？

「感覚は欺《あざむ》かない。判断が欺くのだ。ゲーテ」

「快楽主義っぽい適当なことを言うのは止《や》めてください……」

まだ寝起《ねお》きで回転の悪い頭をどうにか動かして、俺は適切な言葉を探す。

「付き合うか付き合わないか、さっさと答えろよ」

「……時間をください」

そう言うと、智也さんは銜《くわ》えていた煙草を不機嫌《ふきげん》そうに灰皿で捻《ひね》り潰《つぶ》した。そして新しい煙草に手を伸《の》ばし、慣れた動作で火をつけると、ベッドにもたれて煙草を吸っている。俺はその様子を、肩《かた》まで布団《ふとん》をかぶりながら見上げた。

――これじゃ、まるで立場が逆なんですけど。

昨日はあんなに可愛《かわい》い声を上げて俺にしがみついてきたのに、朝が来た途端いつもの智也さんに戻《もど》ってる。まるで昨日のことが嘘《うそ》だったみたいだ。

「時間は何も解決してくれないぜ？」

「別に、時間に解決して貰《もら》おうなんて言うつもりはありません。ただ、猶予《ゆうよ》が欲しいんです」

ここまでやっても決心が付かないなんて優柔不断《ゆうじゅうふだん》すぎるとは思うけれど、もうちょっとだけ足掻《あが》かせてほしかった。

この人にとってはとっくに乗り越《こ》えた問題でも、俺にはまだまだ男同士は大問題の部類に入る。昨日あんなことやっておいて言えた台詞《せりふ》じゃないのは分かってるけど、どうしても今すぐには踏《ふ》ん切りをつけることができない。

「それで？お前がその気になるまで、俺にお座りして待ってろって？」

「……あんたお座りして待ってるタイプじゃないだろ」

「なんか言ったか？」

ぽつりと言った俺の言葉に、智也さんが片眉《かたまゆ》を上げる。それだけの行為《こうい》なのに、この人がやると、まるで脅《おど》されているような気持ちになるのはなぜだろう？

「……一週間だけ時間をください、って言ったんです」

「一週間？」

「はい。ちゃんと答えを出しますから」

すると、智也さんはふーっと煙《けむり》を吐き出してから、物凄《ものすご》く楽しそうに不敵な表情で笑った。

「つまり、その一週間の内に、俺はお前を完全にオトせばいいわけだ？」

「………」

やっぱりこの人はお座りして待っているだけのタイプじゃない、と俺は思ったのだった…。


――で、さっそくコレか！

あまりの眠さにサークルに顔を出すのを止めて帰ってきて見れば、玄関《げんかん》のドアを開けた途端《とたん》聞こえてきたのは嬌声だった。

智也さん、暗くなり始めた室内で電気もつけずに何してんの……？

あんた昨夜は、俺のこと好きだって言ってなかったっけ？

「あっ、あん、やぁっ！」

リビングから聞こえてくる、明らかにやっている最中の女の声。

だけど外に引き返そうとした俺は、その声がどこか現実味の薄《うす》いものだと気がついた。

なんだか演技っぽくないか……？

「ねぇもっとぉ、やぁんっ！」

疑問に思いながらも恐《おそ》る恐るリビングを覗《のぞ》き見れば、ソファに座った智也さんが煙草を吹《ふ》かしながらテレビに写るモザイク映像を観《み》ているところだった。

……本当に何してんだよ、この人？

「あの…俺、帰ってこない方が良かったですか？」

AV観るってことは、やっぱり一人エッチとかするためだよな？　だったら、他人がいたらやりにくいんじゃないか？

と言うか、同じ家の中で智也さんが一人エッチなんかしていると思ったら、多分俺の方がおちおち寝ていることもできないに決まってる。次のテストの為《ため》にも、今日こそはちゃんと勉強しなきゃならないから、その前に少しでも寝ておこうと思ったのに。

だが意外にも、俺を振《ふ》り返った智也さんの顔は至極《しごく》冷静で、AVを楽しんでいるようにも見えなかった。

「別に。なんで？」

「だってそれ観るのに俺、邪魔《じゃま》じゃないですか？」

ソファの前にあるローテーブルには、吸い殻《がら》が山となった灰皿と、大量のDVDが置かれている。ちらりと観ると、DVDのパッケージは全てアダルトビデオのもののようだった。

「資料として見てるだけだから気にしないでいい」

「資料？」

何の資料⁉　あんたが作ってるゲームはエロゲーなのか⁉

さすがにギョッとして聞き返すと、智也さんはちょっとだけバツの悪そうな顔をした。

「……俺って、今までオンナ役やったことなかったからさ」

「え？」

「だから、それほどよくなかっただろ？」

ぶっきらぼうにそう言うと、再び画面に向いてしまう。

「……いや、そんなことも……なかったですけど」

だって痛みを堪《こら》える泣き顔も、すがりつく腕《うで》も、汗《あせ》ばむ肌《はだ》も、甘い喘ぎ声も全部――正直、かなりよかった。一回で終わったのが奇跡《きせき》としか思えないくらいに。

「無理しなくていいぜ。勉強しないでやった俺も悪いし」

「勉強って……もしかしてそれで、アダルトビデオ観てるんですか」

そういえばこの人、喧嘩《けんか》も勉強して強くなったって言ってたな。もしかして、根はまじめだったりするのか？　といっても、今回の勉強はどうかと思うけれど。

「まあな。でも、初めてちゃんと観たけど、これってほとんど演技なんだな。あんま面白《おもしろ》くねえし」

「……ええと…それは…仕方ないんじゃ…」

今度こそ俺は、しどろもどろになって答えた。

だってそれは、面白さを追求して作ったものじゃない。ある目的を達成するためだけに制作されたものであって、ストーリー性は求められていないんです。

——なんてことを、過去にアダルトビデオの世話になったことも今後全く世話になる予定もなさそうな智也さんに説明したって、到底《とうてい》理解して貰えるとは思えない。

智也さん、兄貴以外には振られたことないって言ってたくらいだもんな。こんな物のやっかいになったことなんか、ないに決まってる。だったら、これ以上答えにくいことを突《つ》っ込んで聞かれる前に、さっさと退散した方がいいかもしれない。

「秋人」

俺がそうっと踵《きびす》を返そうとした途端、画面を見たままの智也さんが名前を呼んだ。思わずビクッとして顔を上げると、智也さんが自分の横をぽんぽんと叩《たた》く。

「座れよ」

「あ、はい?」

……って素直《すなお》に返事したけど、まさか一緒《いっしょ》にビデオ見ようとか言わないよな?

不安に思いながらも傍《かたわ》らに座ると、智也さんはソファを降りて床《ゆか》に座った。そして足の間に体を割り込ませ、いきなり俺のジッパーを下げる。

「っちょ、おいっ」

「大丈夫《だいじょうぶ》。後ろでやるのは昨日が初めてだったけど、こっちの経験は豊富だからさ」

大丈夫？　いや、こっちって何だよ!?

「いいから、黙《だま》って昨日の挽回《ばんかい》くらいさせろよ」

そう言って、智也さんは下着からうなだれたものを取り出すと、そっと唇《くちびる》を這《は》わせた。

目の前の画面では、裸《はだか》の女の子が大きな声で喘《あえ》いでいる。だけどそれよりも、俺のを嘗《な》める智也さんの表情にそそられて、触《ふ》れられた場所はすぐに芯《しん》を持ち始めた。

「マジ……勘弁《かんべん》してよ」

童貞《どうてい》のフェラ初体験でもあるまいし、この反応の速さはどうなんだろう？

おまけに昨日やったばかりだぞ？

「秋人」

すると、俺の泣き言に智也さんは小さく笑った。

「なん、ですか？」

「お前のでかいけど、形良いからある意味結構やりやすい」

「――――あんた……最悪だ」

そんな下世話な感想はやめて欲しい。

思わずうめくと、智也さんは銜《くわ》えながら楽しそうに俺を見上げてくる。

「…くそっ」

良いようにされてばかりじゃ嫌《いや》で、俺は足先で、仕返しに智也さんのものに触れてみる。すると昨日さんざんいじったそこは、少しだけ硬《かた》くなってた。

「へぇ、俺の銜えてるだけで感じるんですか？」

「まあね」

意趣返《いしゅがえ》しのつもりで意地悪く言ったのに、嘗《な》める合間に答えた智也さんには余裕《よゆう》が見える。

むかつく。どうしたら、智也さんのこの冷静な顔を崩《くず》せるんだろう？

「智也さん、場所替《か》わってよ」

「え？」

浮《う》き出た血管を辿《たど》りながら指で鈴口《すずぐち》をつついてた智也さんは、訝《いぶか》しげな顔で見上げたあと、俺の考えを読んだみたいに好戦的に笑った。

「無理すんなよ、秋人」

「っ」

ちゅっと皮の薄い部分を吸われて、俺は思わずイキそうになった。

いや、本当にマジで勘弁して欲しい。

遅漏《ちろう》だと思われるのも嫌だけど、早漏だと思われるのはもっと嫌だ。相手が女の子の時はあまり深く考えなかったことなのに、相手が男だとそんなことさえも気になってしまう。

「っ…替われって言ってるだろ」

開始して五分でイカされるなんて不名誉《ふめいよ》なこと、されてたまるか。

俺は襲《おそ》ってくる射精感をなんとか耐《た》えて智也さんの髪《かみ》を引っ張ると、強引《ごういん》にその体を床に押し倒《たお》した。そして、ズボンの中から智也さんのものを慌《あわ》ただしく取り出し、柔《やわ》らかなそれを愛撫《あいぶ》し始める。

「ん…」

かすかに漏《も》れる智也さんの甘い声。俺はそれが聞きたくて、手探《てさぐ》りでテーブルの上のリモコンを捕《と》らえると、もはや雑音でしかないテレビの嬌声《きょうせい》を映像ごと消す。

「ひ…っぁ…」

根元を舌で辿ったあと、そのまま先端《せんたん》までスライドしながら吸い上げる。硬く張りつめたものの裏筋を嘗めると、次第《しだい》に先走りが漏れ始めた。

奥まったところにある場所に指を入れて弄《いじ》ると、智也さんは腰《こし》をはねさせる。あからさまなその反応が嬉《うれ》しくて、俺はさらに追いつめた。

「あ、秋…人…」

感じすぎて辛《つら》いのか、智也さんが俺の名前を呼びながら涙目《なみだめ》で見上げてくる。その頼《たよ》りなく泣きそうなその視線に、俺はすぐに煽《あお》られた。

「あんたさ…その、普段《ふだん》とエッチのときのギャップ、どうにかしろよ」

「なに、それ…?」

「そんな顔されると、挿《い》れたくなる」

「……あ…」

中の指を軽く動かすと、智也さんは小さく声を上げた。

女の子とは違《ちが》うのかもしれないけれど、初めてだったって言うなら、さすがに今日は辛いはずだ。そんな相手に無茶はしたくない。

だけどせっかくそんな風に考えている俺の名前を、再び智也さんが呼ぶ。

「秋人…」

「え？」

不満そうな声音《こわね》と、不機嫌《ふきげん》そうな眼差《まなざ》し。だけど、その口から発された言葉は、有り得ないくらい甘かった。

「してって言わなきゃ、ダメなのか…？」

「…っ」

そこから先は――どうなったかなんて、あえて言いたくもない。

気づいた時にはとっくに夕日は過ぎていて、部屋の中は昨日と同じように真っ暗になっていたのだった。

「俺、何してるんだろう」

それぞれシャワーを浴びてすっきりした後、俺は窓を開けて空気を入れ換《か》えながら呟《つぶや》く。

耳ざとく聞きつけた智也さんは、髪を拭《ふ》きながら「二回も俺の中に出しといて、何言ってんだよ？」とさばさば言った。

「今日こそは勉強しようと思ってたのに」

「すれば？」

——出来るわけないだろう…。

今から始めても、どうせすぐにさっきのことを思い出して手に付かなくなるに決まってる。

「で、何で今さら勉強なんかしようとしてんだよ。前期試験もまだだろ？」

「……一週間後に必修の小テストがあるんです。俺、その小テスト受からないと、前期試験に参加すら出来なくて」

人間誰《だれ》でも得手不得手はあると思う。それが俺にとっては数学だ。サボっているわけではないのだが、どうしても公式がこんがらかって覚えられない。

「どのくらい酷《ひど》いんだ？」

「えーと…」

俺は部屋からこの間返されたばかりの小テストの答案を持ってくると、恥《はじ》を忍《しの》んで智也さんに渡《わた》す。くしゃりと丸まったそれをがさがさと開いて点数を見ると、智也さんは眉《まゆ》を寄せた。

「なんだ、この点数」

そこには、赤ペンで荒々《あらあら》しく二十一点という数字が書かれている。

「数学なんて数式ちょっと変えれば公式に当てはめるだけだろ？　何が分からねぇの？」

「……………」

やっぱり、出来る人には出来ない奴《やつ》の気持ちなんて分からない。

そういえば、智也さんは物理学科だったとか言ってたよな。だったら尚更《なおさら》、数学が出来ない理由なんか分からないか……。

何となく落ち込んで俯《うつむ》いていると、智也さんがソファにドカッと座って言った。

「仕方ねぇな。俺が教えてやるよ」

意外な言葉に驚《おどろ》いて、俺は思わず顔を上げてしまう。

「本当ですか？」

「ああ、教え方検討するからしばらく待ってろ」

智也さんはテレビを消すと、俺に教科書を持ってくるように言った。素直《すなお》に従うと、智也さんはすぐに教科書を読み込み始める。

俺はとりあえずその間、夕食の支度《したく》をしてしまうことにした。だけど作ってる間も、食事の最中も、智也さんは教科書に夢中だった。

食後の片付けを終えてリビングに向かうと、ようやく教科書から顔を上げた智也さんが俺を呼ぶ。

「秋人、ちょっとこい」

いつの間にか智也さんは見慣れない眼鏡《めがね》をかけて、髪を黒いヘアゴムで後ろに縛《しば》っていた。

俺が指示されたとおり、智也さんの前に座ると一冊のノートを差し出してくる。

そこには綺麗《きれい》な字で数式がずらりと並んでいた。

「解け」

「は？」

「テストに出るとしたらここら辺だと思う。ちょっとやってみろ」

「…………」

「ここら辺は帰納法の基礎《きそ》だ。高校レベルだからいくらなんでもできるだろ？」

やってみろって言われても、まず何をしたらいいのか分からずに、俺はシャーペンを握《にぎ》ったまま硬直《こうちょく》する。そんな俺を見て、智也さんは盛大《せいだい》なため息を吐《つ》いた。

「テストまできっちりと教えてやる。覚悟《かくご》しておけ」

「……よろしくお願いします」

「寝《ね》たら殴《なぐ》るぞ」

――結局、俺はその日、真夜中まで智也さんの指導を受けた。

智也さんは寝たら殴ると言ったが、寝なかったら殴らないというわけではなく、俺は何度か教科書で頭を叩《たた》かれた。特に公式を間違った時の一撃《いちげき》には力がこもっていた。

正直あまりにスパルタで、さっきまで俺のためにアダルトビデオ見たり、俺の下で『もう、無理…秋人…』なんて泣いたりしていた人とは思えない。

「何度言わせんだ？」

似たような問題の似たようなところで躓《つまず》いた俺を、智也さんがきつく睨《にら》み付けた。

その眼差しの怖《こわ》さは変わらないけれど、眼鏡をかけて数式を読み上げる姿はインテリっぽくて、なんか普段と雰囲気《ふんいき》が違うなぁなんてことを俺はぼんやり考える。

すると、俺の手がメモに動いてないのを見て、智也さんが俺の膝《ひざ》を蹴《け》った。

「聞いてるか？」

「も、もちろんです」

そう慌《あわ》てて答えると、智也さんは舌打ちを一つして『(K＋1)を代入』とノートの隅《すみ》に赤ペンで書き込んだ。

「N＝Kの場合を仮定して、N＝K＋1が成り立つことを証明するんだ。だから右辺大なり左辺になる。ここまではいいな？」

力強く頷《うなず》ける自信がなくて半分首を傾《かし》げながら頷いたら、智也さんに凄《すご》い勢いで睨まれ、俺は慌てて何度も首を縦に振《ふ》った。教えて貰《もら》っておいてなんだが、さっきから恐喝《きょうかつ》されているような気分だ。

「これが①だとして、この下の式が②、ここに（K＋1）が入る」

先ほどノートに書き込んだ『代入』という文字を、智也さんがペン先で叩く。

「分かったか？」

「……はい」

今度はちゃんと分かったような気が、する。

少しだけ自信を持って頷くと、智也さんはノートの端《はし》にさらさらと別の問題を書いた。

「じゃ、それを踏《ふ》まえてこれを解いてみろ」

「はい…」

出された応用問題に、弱気になりつつ取りかかる。

そして俺が答えらしきものを出せたのは、解けと言われてから二十分もたった頃《ころ》だった。自信がなくて答えを何度も確認《かくにん》したが、どうやらそれ以外あり得ないようだ。

「出来ました」

「ああ、よこせ」

いつ教科書が振り下ろされてもいいように、逃《に》げ腰《ごし》になりながら「N小なり2？」と聞く。

それまでじっと俺の手元を見ていた智也さんは顔を上げる。

一瞬《いっしゅん》、また殴られるかと思って目を瞑《つぶ》ると、智也さんは俺の頭をくしゃくしゃと撫《な》でた。

「正解。出来るじゃねぇか」

まるで自分のことのように嬉《うれ》しそうに笑いながら、智也さんが褒《ほ》めてくれる。その綺麗な表情に、俺は赤面しそうになった。

この人、ちゃんと笑ったりも出来るんじゃないか。っていうか、こういう表情を見ることが出来るんなら、もうちょっと頑張《がんば》ってもいいかもしれない……。

「じゃ、次の問題な」

「え、まだやるんですか？」

頑張ってもいいかもとは思ったけれど、時計はもう深夜の十二時を回っている。一問解くことが出来たんだから、残りは明日でもいいんじゃないか…と思いつつ反論すると、智也さんは「三時まではやらないと、お前の頭じゃ間に合わないから」と衝撃《しょうげき》的なことを言ってくれた。

――俺は智也さんに家庭教師を頼《たの》んだことを、心の底から後悔《こうかい》した。

昼休みも終わろうとしてる大学の食堂で、小西先輩《せんぱい》は入り口近くに座っていた俺を見つけると「あ、タジ！」なんて言いながら近寄ってきて真向かいに座った。

俺はもう食べ終わっていたが、小西先輩は今から昼食らしい。先輩のトレイの上には、本日の日替《ひが》わり定食がのっている。

「捜《さが》してたんだよ。春樹先輩から伝言預かっててさぁ」

「兄貴から？」

小西先輩は携帯《けいたい》を弄《いじ》ると、兄貴からのメールを液晶《えきしょう》に表示させた。そこには、バイト先に顔を出すように俺に伝えてほしい、というようなことが書いてある。

兄貴からの呼び出しって一体何だろう？　もしかしたら、智也さんが来ないから様子を聞きたいとか？

とりあえず、あれから微妙《びみょう》に状況《じょうきょう》も変わっているような気もするし、一度会ってくるべきだよな。連絡《れんらく》が来たのは、丁度良かったかもしれない。

「一昨日《おととい》メール貰ったんだけど、お前サークルにも来ないから伝えようがなくてさ。携帯にも掛《か》けたんだけど、繋《つな》がらないし」

「すいません。今、携帯ちょっと使えなくて……」

「らしいなー。春樹先輩から聞いた」

そうだった。色んなことがありすぎて忘れてたけど、俺の携帯はまだ智也さんが持ったままだ。兄貴からの電話を待つ必要はなくなったんだし、もう返して貰えるはずだよな？

「俺、昨日までお前が携帯使えないの知らなかったからさ。この前メールしろって言ったときも来なかったし、あれから大学でも会えなかったし、結構気にしてたんだぞ？　春樹先輩は『たぶん大丈夫《だいじょうぶ》』って言ってたけど」

「すみません……」

そういえば、智也さんが大学まで迎《むか》えに来た日、小西先輩が帰り際《ぎわ》に心配だからメールしろって言ってくれたんだっけ。あのときは心配して貰えたことが嬉しかったくせに、言われたことすら今の今まですっかり忘れていた。

先輩、ごめんなさい…。智也さんのことで頭が一杯《いっぱい》だったせいで、小西先輩を思い出す隙《すき》もありませんでした……。

「で、あの日は何もされなかったのか？」

「はい。……何か大切なものを失った気はしますが、なんとか」

モラルとか、節操とか、ポリシーとか、常識とか。そんなようなものを大量に失った。だけど、一応なんとか上手《うま》く（？）やってます。

「大切なものって、なんか壊《こわ》されたの？」

「ちょっと、いろいろあって」

「いろいろねぇ…」

ふぅんと意味深に呟《つぶや》いて、小西先輩は俺をじっと見た。

「な、なんですか？」

「もしかしてヤラれちゃった？」

「なっ、何言ってんですか。先輩、冗談《じょうだん》きつすぎるですよ！」

動揺《どうよう》しすぎて、俺はおかしな敬語になってしまう。

ヤラれてはいない。と言うか、先輩には俺がヤラれる側に見えるのか⁉

いや、そういう問題じゃなくて！

「そっか、タジはついに新たな世界に一歩踏み出したのか。世間から見たら小さな一歩だけど、君にとってはとても大きな一歩だったねぇ」

小西先輩はご飯を食べながら、そう何度も頷く。

まるで、月面着陸した人のように言わないで欲しい。それより、俺がヤラれた側だと誤解したまま話を進めて欲しくない……。

「や、やめてください。本当にシャレになんないっていうか……踏み出そうとして踏み出したんじゃないっていうか……カミングアウトするほど決心付いてないっていうか……」

「でも、もう一線越《こ》えちゃったんだろー？」

「………う…」

疑いの眼差《まなざ》しで見る小西先輩の視線から、俺は逃《のが》れるようにして俯《うつむ》いた。

小西先輩の言うことが間違《まちが》っているようで、間違っていない。でも、そもそもどうしてこんなにこの人はなんでもお見通しなんだ。

小西先輩はしばらく考え込むように俺を見ていた。俺はその視線に負けて、これ以上何か言われないうちにと、自分の空のトレイを持って立ち上がろうとした。

だけど――――。

「ってことはタジ、あの人相手に勃《た》ったんだ」

「…っ！」

まぁ、確かにいい男だったもんね、と小西先輩がぽつりと口にする。

俺は手にした食器の載《の》ったトレイを、そのままガシャンとテーブルに落としてしまった。トレイの上では、空の食器がひっくり返っている。

「何やってんのタジ。危ないだろ」

「……先輩の馬鹿野郎《ばかやろう》」

核爆弾《かくばくだん》のスイッチだと知ってて、躊躇《ためら》いもせずに押す。それが小西先輩だ。

とりあえず、すべて残さずに食べていたため、食べ残しが散乱しなくてよかった。

「タジって見てて飽《あ》きないよねぇ」

誰《だれ》のせいだ！　あんたが投下した爆弾のせいだろ！

俺はなんとかポーカーフェイスを作ろうと努力したが、頭にいろんなことが渦巻《うずま》いて、うまくいかなかった。

「……兄貴には言わないでくださいね」

「いいけど、春樹先輩ってタジとあの人がしちゃったこと知らないんだ？」

「……やっぱりこういう場合、報告の義務ってあるもんですか？」

小西先輩の質問に、俺は問い返す。

「義務はないけど、春樹先輩だって当事者なんだから知っておいた方がいいと思うよ」

「…………」

確かに、小西先輩の言うことは正しいと思う。

だけど百歩譲《ゆず》って報告するとして、あの口の軽い兄貴が、それをうっかり親に喋《しゃべ》ったりなんかしたら、今度こそ親父《おやじ》は家の近くの川に身を投げるだろう。

良くても絶対に勘当《かんどう》はされるだろうし、学費も生活費も危《あや》うくなるかもしれない。兄弟二人がホモじゃ、能天気なお袋《ふくろ》だって流石《さすが》に思うところはあるはずだ。

俺はしばらく黙《だま》って考えてから、口を開いた。

「………様子見てから決めます」

「まぁ、俺には関係ないからいいけどさ」

問題を吹《ふ》っ掛けておいて、さらりと突《つ》き放すようなことを言う。小西先輩はこういう人だ。

「じゃあ、俺先に行きます」

そう言うと、先輩は「春樹先輩によろしく～」なんて気楽に言った。

俺はちょっと頭を下げてから食堂を出ると、午後の授業を自主休講して、兄貴のバイト先に向かうことにしたのだった。

兄貴のバイト先であるレンタルビデオ店は、最寄《もよ》りの駅から少し遠い場所にあった。

まさか番地まで覚えてるわけもなくて、駅を出てすぐのコンビニで場所を聞いたのだが、そこまで徒歩で二十分もかかった。

ようやく見つけた雑居ビルの一階のその店に入ると、横の返却《へんきゃく》カウンターにいた店員が覇気《はき》のない声で「いらっしゃいませ～」と言った。見るとその店員の横に兄貴がいる。

「あ、秋人」

声を掛けるまでもなく、兄貴が俺に気づいた。

午後二時という時間帯のせいか人は疎《まば》らで、店内は閑散《かんさん》としている。

「小西先輩《せんぱい》から伝言聞いたんだけど、なんか話でもあんの？」

「……まあね。こっち来いよ」

兄貴はそう言うと、足下《あしもと》に置いてあるビデオがごっそり入った買い物かごを持ち「ちょっと補充《ほじゆう》してくる」と言ってカウンターを出て、店の奥の方に向かう。俺はその後をゆっくり付いていった。

兄貴が立ち止まったのはカウンターから死角になっているアダルトコーナーの手前で、陳列《ちんれつ》されているのは『神秘の海洋生物』だとか『ＵＦＯを追え！』等という普段《ふだん》だったら近寄りもしないスペースだった。

そこで、兄貴は長いため息をついてしゃがみ込んだ。

「お前、智也に何かされた？」

「…っ」

単刀直入にそう聞かれて、俺は思わず息を呑《の》む。小西先輩といい、兄貴といい今日はその話ばかりだ。俺は、どきどきしながらも平静を必死で装《よそお》った。

「なんでそう思うわけ？」

「三日前、智也がここに来たんだよ。俺、レジで客の相手してたんだけど、いきなりカウンター越しに胸《むな》ぐら摑《つか》まれて怒鳴《どな》られて」

三日前というのは、俺が智也さんを初めて抱《だ》いた次の日のことだ。つまり、家に帰ったら智也さんがリビングでアダルトビデオを見てた日だよな。

兄貴に会ったなんて一言も言ってなかったのに、結局会いに行ったのか。

「……なんでそれが、俺に関係あるんだよ」

俺がいれば兄貴なんていらないとか言っておきながら、なんかすげぇむかつく。

「智也になんて言われたと思う？」

「知るわけないじゃん」

素っ気なく言って視線を逸《そ》らすと、兄貴は俺の顔をわざわざ覗《のぞ》き込んできた。

「この俺に『秋人の好みを教えろ！』って言ってきたんだよ」

俺の好み？

兄貴と智也さんの話じゃなくて、俺の話？

「なんて、答えたんだよ」

「エッチが上手《うま》い子」

この、トラブルメーカー！

あんたのせいであの人、妙《みょう》な勉強してたんだぞ！

「俺の人間性が疑われるようなこと言うなよ！」

「だって、本当のことは言えないじゃん」

「本当のこと？」

って何だ？　俺には兄貴と違って変な性癖《せいへき》はないし、好みだってそんなに煩《うるさ》いわけじゃないと思うんだけど。

「お前の好みは、当たり障《さわ》りのない普通の子。秋人のことがある程度好きで、鬱陶《うっとう》しくなくて、別れるときもモメなくて済むような、当たり障りない子だろ」

「そんなこと…」

そんなこと無いって否定したいけど、案外図星かもしれないとも思った。兄貴の言うことの一つ一つが、よく考えてみれば当てはまってる。

でも、そんな好みを言ったら、大抵《たいてい》の女の子は引いてしまうだろう。確かに言えない。

「来る者拒《こば》まず去る者追わずって感じで、お前は結構流されやすい。それを知ってて、強引《ごういん》な智也のそばにおいとくんじゃなかった。俺のせいだ、ごめん」

兄貴は心の底から、申し訳なさそうな顔をして俺を見上げてくる。

はっきり言って、俺は兄貴のこんな顔見たことがない。自分の行いを、反省してくれるのは良いことだと思う。だけど……。

「……なんで俺が何かされたことが前提なんだよ」

「何もされてないわけないだろ？　智也って、俺と同じくらい手が早くて惚《ほ》れっぽいんだよ。でも、まさか秋人が智也の好みだったなんて思わなかったけどさ」

俺だって、兄貴を好きだった智也さんが俺を好きになるなんて思わなかったし、智也さんが俺の好みになるとも思わなかったよ。

「本当に悪かったな。体は大丈夫《だいじょうぶ》？」

「……俺、オトコだし」

「だからだろ。切れたりしなかったか？　痛むようなら俺の薬貸すけど」

「薬…？」

って何だ⁉　切れ痔《じ》か何かのか⁉　それともそれ用の薬でもあるというのか⁉

高校時代はテニス界のアイドルとしてもてもて囃《はや》され、今も昔も問わず常にカリスマ視され続けている兄貴に、そんなものを使ってほしくない。いや、それ以前に弟として、兄貴のそういう生々しい話はできれば聞きたくない。

「……心配はいらないから」

とりあえず俺は、不名誉《ふめいよ》な兄貴の誤解をなんとか解こうと重ねて言った。だけどやっぱり、兄貴は俺が智也さんにやられたと思ってる。

「確かに智也は上手いけど、でも初めてじゃきつかったろ？」

「…っ、そうじゃなくて！　だから何度も言うけど、俺はオトコなんだよ！」

「………？」

堪《たま》りかねて少し強めに言うと、兄貴は首を傾《かし》げて黙り込む。これで分かってくれなかったら何て言えばいいんだろうと思っていると、しばらくして兄貴が「なんだ、そういうことか」と

「そっか…そうだよね。考えてみれば、見た目にもそっちの方がしっくり来るか。どうして考えつかなかったんだろう」

呟《つぶや》いた。

さすがに俺が言いたいことを分かってくれたらしい。

ホッとして顔を上げると、子供向けのアニメビデオを手にした子連れの主婦が、訝《いぶか》しげな顔をすると逃《に》げるように通り過ぎていった。

ぶつぶつ言ってる店員と、その横にいる表情の暗い客。しかも場所はアダルトコーナーへと続くピンクのカーテンの手前だ。そんな場所でしゃがみ込んだ男二人は、他《ほか》の客からは相当不《ふ》審《しん》に見えるんだろう。

「……そっか、智也がネコか」

「猫《ねこ》？」

動物にたとえるなら、この間会った山城さんの方がずいぶん猫っぽい。はねた髪《かみ》やつり目、奔放《ほんぽう》そうな性格も。智也さんはどちらかと言うと、肉食獣系《にくしょくじゅうけい》だと思うけど？

疑問に思っていると、兄貴が興味津々《しんしん》といった顔で聞いてきた。

「お前、智也と付き合っちゃうわけ？」

「……分かんねぇ」

正直そこまでの覚悟《かくご》は、まだできていない。

「お前、男ダメだったよな？」

「ダメだと思ってたけど」

今じゃ、それを強く否定することができない。

俺は今まで、何かに深くはまったことなんて無かった。テニスだって、やめる理由がないからなんとなくやってるだけだし、彼女にフラれても、案外あっさりと割り切れる。物事や人に対して執着心《しゅうちゃくしん》が薄《うす》いんだと思う。

だけど智也さん相手になると、なぜか抑制《よくせい》が利《き》かなくなる。今までと勝手が違いすぎて分からないのだ。

男はダメだけど、智也さんなら平気。だけどその智也さんは男で……。

「智也のこと好きなの？」

「………」

その問いに、俺は言葉を発することもできなかった。

俺があの人に抱《いだ》いているのは、多分好きとか愛してるとか、そんな綺麗《きれい》なもんじゃない。

たとえば勉強を見て貰《もら》ってるときに、問題が正解して俺の頭を撫《な》でる手を握《にぎ》りしめたくなったり。ジーンズの裾《すそ》から覗く足首とか、ペンを持つ指先にどうしようもなく煽《あお》られたり。感じるのは、そう言った直接的な欲情だ。

最初だって、何となく酒の勢いで体が煽られただけかもしれないし、今だって成り行きで初めて抱いた男だから、気になっているだけなのかもしれない。だからそのはっきりしない感情を、イコール恋愛《れんあい》だと言い切る自信がないから、ずっと悩《なや》んでいるのだ。

人並みに恋愛経験はあるのに、どうして自分の感情を理解することが出来ないんだろう。黙《だま》り込んだ俺を見て、兄貴は「分からないんだ？」と確認《かくにん》するみたいに聞いてきた。俺は仕方なく、素直《すなお》に頷《うなず》く。

「分かった」

「分かったって、何が？」

ニヤリと笑ってポンと手を打った兄貴を見た途端《とたん》、俺の背筋に悪寒《おかん》が走った。

——今、絶対になんか面倒《めんどう》なこと思いついただろ？

「試《ため》そう」

「……百聞は一見に如《し》かずとか、考えたからって良い結論が出るとは限らないとか、智也さんみたいなこと言うなよ」

「俺の持論は『経験あるのみ』だ」

「……できれば『石橋を叩《たた》いて渡《わた》る』に変えてくれ」

あんたのその冒険《ぼうけん》心のせいで、親父《おやじ》の胃にいくつ穴が開いたと思ってるんだ。せめて行動を起こす前に一分でもいいから、結果を想像してみてくれ。

「そんなの年寄りになってからでいいだろ。若いんだから無茶しないとね、青少年」

「…………」

無茶なことするつもりなんだ……。

兄貴は何でこう、次から次へとトラブルを起こそうとするんだろう？

「そんなに嫌《いや》そうな顔するなよ。お前だって自分の気持ちにケリをつけたいんだろう？　だったら俺に任せなよ。こっちの世界はお前よりもずっと長いんだから」

こっちの世界って、ホモの世界のことか？

「ホモ判定機でもあるわけ？」

「あるよ」

俺が呆《あき》れて言うと、兄貴は再びニヤリと笑って答えた。

――嫌な予感がする。

一見天使の笑《え》みに見えるが、その目は絶対に良からぬことを考えている目だ。付き合いが長いから兄貴の考えぐらいは表情から読みとれる。

余計なトラブルに巻き込まれる前に、さっさと退散しよう。冗談《じょうだん》じゃない。

「俺、勉強があるから家に帰る」

だけど、慌《あわ》てて立ち上がろうとした俺の腕《うで》を兄貴がガシッと摑《つか》んだ。

「お兄ちゃんに任せろよ。恋愛は百戦錬磨《れんま》だから」

百戦は同意できるが、錬磨に関してはどうだろう。

「元彼氏がストーカーになるような別れ方をする奴《やつ》に言われたくない」

「いいから外で待ってろよ。店の裏に俺のバイクがあるから」

俺のつぶやきを無視してそう言うと、兄貴はカウンターに戻《もど》って一本もビデオが減っていないかごを置き、従業員以外立ち入り禁止のドアの向こうに消えた。

「……あーあ……」

ため息を吐《つ》きながら、俺は言われた通りに店の裏で兄貴を待った。自販機《じはんき》の真横に、兄貴のバイクが置かれている。

優《やさ》しい顔立ちの兄貴に似合わず、その黒光りするメタリックな車体は大きくて厳《いか》つい。

大学に行くのを条件に、親のローンで買ったこのバイクは、そこら辺の車なんかより高いらしい。修理代は自分で出すという親との約束のせいか、前にこのバイクに付いた小指の爪《つめ》程度の傷を見て、温厚《おんこう》な兄貴が激昂《げっこう》しているのを見たことがある。

飽《あ》きっぽい兄貴が、唯一《ゆいいつ》このバイクだけは買った当時から変わらずに大切にしていて、気に入った奴しか絶対に後ろには乗せない。

俺は乗せて貰うことは出来るが、一度『運転したい』と言ったら即答《そくとう》で断られたことがある。

「悪い、待たせたね」

がちゃりと店の通用口が開いて、兄貴が出てきた。さっきまで着けていた店名入りの黒いエプロンは脱《ぬ》いでいたが、ブルゾンの下にユニフォームの青いシャツはまだ着ている。

「バイトいいのかよ？」

「平気。後で戻ってくるし」

そう言って、兄貴は盗難《とうなん》防止のチェーンを外すと俺にヘルメットをくれた。俺がそれを被《かぶ》っている間に、兄貴はバイクに跨《また》がり自分もヘルメットを被ると、車体を傾《かたむ》けて乗りやすいようにしてくれる。

「事故らない程度で頼《たの》むよ……」

「昼間からはやらないよ。安全運転第一だし」

そんなことを言われても信じることが出来ないくらい、兄貴の運転はめちゃくちゃだ。車体を傷つけるのが大嫌《だいきら》いなくせに、狭《せま》い道をすり抜《ぬ》けるのが好きという矛盾《むじゅん》したスピード狂《きょう》で、俺は兄貴の後ろに乗るたびスリルを味わっている。

「ちゃんと摑まってなよ？」

安全運転第一なくせに何故《なぜ》？　とは思ったけれど、すぐに物凄《ものすご》いスピードで走り出して、俺は思わず兄貴の腰《こし》に回した手にギュッと力を込めた。

このスピードで安全運転のつもりだって言うんだから、不思議でならない……。

「っ」

ようやく兄貴のスピードに慣れてきたと思ってたら、いきなり信号で急ブレーキを食《く》らって思わず舌を噛《か》みそうになる。

「ごめん、信号黄色だから一応停《と》まった」

「…そっか」

徐々《じょじょ》にスピードを落としてから停まって欲しかったけれど、いつもは黄色どころか赤信号でも行ってしまうから、まだマシなのかもしれない。これが兄貴的には、安全運転のつもりなんだろう。

気に入った奴しか乗せないとは言うけれど、こんな運転をする兄貴のバイクに乗りたいと思うような奴はいるんだろうか？

「そう言えば…兄貴、智也さんもこれ乗ったの？」

「乗りたくないって言われたよ。乗せる気もなかったけどね」

ヘルメット越《ご》しに軽く笑う声がする。

付き合っていたのに、兄貴は智也さんを大切なバイクに乗せようと思わなかった？　一体、兄貴と智也さんは、どんな恋人同士《こいびと》だったんだろう？

智也さんは、兄貴に執着している。兄貴のことはもう関係ないと智也さんが言うので、今は『してた』なのか『してる』なのかは俺には区別が付かない。けれど、兄貴のことを凄く好きだったことだけは分かる。

でも、兄貴は智也さんを本気で好きだったんだろうか？

俺が智也さんと関係したのを知った時も、俺に対して申し訳ないような顔を見せただけ。兄貴の中で智也さんは、今じゃ完全に過去の男だ。

それは分かるけど、付き合ってた時はどうだったんだろう。智也さんと同じくらい、兄貴も彼のことを好きだったんだろうか？

「着いたよ。降りて」

兄貴がバイクを停めたのは、住宅街の中にあるアパートの駐車場《ちゆうしや》だった。盗《ぬす》まれないように幾重《いくえ》にもチェーンを巻くと、駐車場の後ろにあるアパートへと歩いていく。

「ここどこ？」

「祐介んとこ」

「山城……さんの家？」

「そうだよ。俺の居候《いそうろう》先」

俺は先日、兄貴と一緒《いっしょ》に大学へ来た山城さんのことを思い出す。そう言えば、兄貴は智也さん以外の面倒な相手と揉《も》めていて、山城さんのとこに逃《に》げてるって言っていた。

「兄貴、揉めてるって言ってた泥沼《どろぬま》の相手とはどうなったんだよ？」

聞くと兄貴は、ちょっと憂鬱《ゆううつ》そうな顔をした。

「ああ……あれは片づけた。だけど俺の代わりに、居合わせた祐介が殴《なぐ》られる羽目になって、祐介にさんざん怒《おこ》られたよ。それで、俺は祐介から殴られた」

「…人様に迷惑《めいわく》かけんなよ」

自分は全く被害《ひがい》を受けずに、他人が痛い目に遭《あ》うのはいつものこと。でも今回は、そんな兄貴を殴った山城さんに拍手《はくしゅ》かもしれない。兄貴は一度痛い目を見て、自分の行動を反省するべきだ。

「それ、祐介にも言われた。で、あいつまだ微妙《びみょう》に俺のこと怒ってんだよね」

「は？　そんな時に俺なんか連れて行って平気なのかよ。嫌だよ、兄貴と山城さんの仲裁《ちゅうさい》なんて」

今は智也さんのことで一杯《いっぱい》なのに、他人のことまで構ってられるわけがない。

「平気平気。お土産《みやげ》で許して貰《もら》えると思うし」

「お土産……？」

何も持ってるようには見えないけど？

俺が顔を顰《しか》めると、兄貴は笑いながら階段を上り、二階の端《はし》にある部屋のドアを開ける。入ってすぐにキッチンがあり、その向こうにフローリングが見えた。中は、兄貴の部屋ほどではないにしても、散らかっている。

「祐介ー」

兄貴は靴《くつ》を乱暴に脱ぎ捨てながら、部屋へと入っていく。それに続いて俺も上がると、ワンルームの端にあるベッドで、盛り上がった布団《ふとん》がもそもそ動いて山城さんが顔を出した。

「……うるさい……」

「寝《ね》てんなよ、今日はせっかくいい天気じゃん」

テーブルの上には、食べかけの菓子《かし》とか空き缶《かん》とか使い終わったティーバッグとかが散乱しているし、こたつの周りには脱ぎ散らかした服が散らばっていた。

「…明け方まで仕事だったんだよ……」

山城さんは幼い動作で目を擦《こす》ると、ふわぁとあくびをして目を瞬《しばたた》いた。

ベッドから上体を起した山城さんは、白い無地のトレーナーを着ていた。眠《ねむ》たそうな目と、拗《す》ねたような尖《とが》った唇《くちびる》。女の子だと言われれば疑うことなく信じてしまいそうだ。

「……って、秋人⁉」

今までぼんやりとしか開いてなかった山城さんの目がぱちっと開き俺を映すと、慌ただしく手近にあった雑誌で顔を隠《かく》した。

「なんで秋人つれてきてんの⁉　俺、寝起きなんだけど！」

兄貴だけだと思っていたのか、山城さんはまるで女の子みたいにわーわー言いながら焦《あせ》っている。中途半端《ちゅうとはんぱ》に顔を隠した雑誌からは、軟《やわ》らかそうな茶色い髪《かみ》が飛び出していた。

「いいじゃん、俺の弟だし」

「そうじゃねぇって！　秋人が俺の好みだって知ってんだろ⁉」

「うん。だからこれ、お土産」

「マジ？」

思わず逃げ腰になると、すかさず兄貴が俺の手をぐいっと引っ張って、山城さんの前へと引きずり出した。

——お土産って、俺っ!?

「こいつ今、智也とやっちゃって悩《なや》んでんだって」

「兄貴!」

突然《とつぜん》の暴露《ばくろ》に、俺は悲鳴に近い声で叫《さけ》んでしまう。

普通《ふつう》バラすかな!?

それは今、俺の最高峰《さいこうほう》のトップシークレットなんだけど!

「だから祐介が進路指導でもしてやってよ。合意なら俺は口を出さない」

「それって、食べちゃっても良いってこと?」

山城さんはそう言うと、雑誌を下ろして顔を出した。さっきまでは眠そうだった目は、今はきらきらしてる。

「ご自由に。がんばれよ、弟。祐介に実地で教えて貰え」

兄貴はニヤリと笑ってそう言うと、俺の肩《かた》をぽんと叩《たた》いた。そして「休憩《きゅうけい》って言って出てきたから戻《もど》る。夜まで戻らないから」と山城さんに告げて、部屋を出て行ってしまう。

「秋人、こっち来なよ」

山城さんがベッドから手招くけれど、俺はその場から動くことが出来ない。何故って、自分の身が危険に晒《さら》されているのが分かっているからこそ、動けないんだ。

「ずっとそこに立ってたいわけ?」

呆《あき》れたように山城さんに言われ、俺は仕方なくのろのろと近づいた。

部屋に散乱してるのは、圧倒《あっとう》的に雑誌が多かった。積み上げられたそれらはほとんどがヘアスタイルに関するものだ。

普通、こんなにヘアスタイルの雑誌ばかり集めるものだろうか?

「明け方までの仕事って、何やってるんですか?」

「俺、新米の美容師なんだよ。うちの店、深夜まで営業してるから、新人は大方夜勤に回されんの」

山城さんは近くに転がっていた飲みかけのペットボトルを取ると、ごくごくと飲み干した。

「ここおいで。別に取って食べたりしないから」

そう言って、ベッドのへりをぽんぽんと叩く。俺は躊躇《ためら》いながらもそこに座る。大丈夫《だいじょうぶ》、いざとなったら腕力《わんりょく》でかなわないような相手じゃない、と自分に言い聞かせながら。

「で、しちゃったってのは、どっち?」

「何がですか?」

「どっちがタチかって話だよ。木崎って専《もっぱ》らタチでネコやるって話は聞いたことないから、秋人がネコ?」

「あの…ネコとかタチとかって何ですか？」

さっき兄貴も、智也さんのことをネコって言ってたよな？　それも動物か？　太刀魚《たちうお》とか？

ネコは動物の猫《ねこ》だとしても、タチってなんだ？

「あー、お兄ちゃんに教えて貰わなかったのか。ネコってのは女役のこと。タチはその逆だよ」

「じゃあ、俺が…タチですけど」

って……コレは山城さんに言ってもいいことだったんだろうか？　智也さんがネコやるって話は聞いたことないって言ってたし、もし智也さんが隠しておきたいことだったら犬猿《けんえん》の仲の相手に言ってしまったのはまずかったかもしれない。

「ふぅん。木崎がネコかぁ」

「で、でも、智也さんはネコでもカッコイイですよ」

俺は上手《うま》いフォローが見あたらずに、訳の分からないことを言ってしまう。何のフォローだよと自分でも突《つ》っ込みたくなる。

そんな俺に、山城さんはくすりと笑った。

「秋人が木崎に襲《おそ》われたわけ？　それとも襲ったとか？」

「たぶん、どっちもどっちかと……」

酒に酔《よ》って襲ったのは俺。次は智也さんに襲われたといってもいい状況《じょうきょう》だったけれど、その次は…どっちだろう？

考えていると山城さんがそっと手を重ねて来たので、俺は慌《あわ》てて手を引っ込める。

「何で逃《に》げるかな。ま、いーけど。で、あいつ痛がってたんじゃない？」

「それは……」

確かに、最初に挿《い》れた時は相当痛がってた。二回目にリビングでした時も、初めは苦しそうに眉根《まゆね》を寄せていた、気がする……。

「傷つけないやり方、俺が教えてあげるよ」

そう言って、山城さんは俺の項《うなじ》に唇を寄せてくる。吐息《といき》が首筋を辿《たど》っていく。

山城さんは女の子みたいに可愛《かわい》い顔してると思うし、体だって俺より小さくて華奢《きゃしゃ》だ。どう考えたって、智也さんを押し倒《たお》すより違和《いわ》感がないとは思う。

だけど……。

「俺、山城さんとはできない」

山城さんの肩に手をついて、俺はその体をゆっくり押しのけた。

「木崎に対しての操立《みさお》て？」

「そういうんじゃなくて……俺は女の方が好きだから」

山城さんは、俺の背中に自分の体を押しつけてくる。後ろから抱《だ》きつかれたまま俺は、一体なんでこんなことしてるのか分からなくなった。

家ではきっと今日も家庭教師をするために、智也さんが俺を待っていてくれているに決まっている。昨日の応用問題をやる約束をしてるし、早く帰りたい。

「女じゃないのに木崎は抱いたんだろ？　俺のがよっぽど可愛いと思うけどなぁ。慣れてないあいつよりも、きっと俺の方が具合いいよ」

肩に回された指が俺の腕《うで》をなぞる。俺はその手を摑《つか》んで止めた。

山城さんには欲望なんて全然感じない。

可愛いと思うけど、山城さんは男だ。俺は押し倒したいとも思わない。

「智也さんは別だ。……失礼かもしれないけど、俺は山城さん相手じゃ勃《た》たない」

「…………」

はっきりと言い切ると、山城さんは一瞬《いっしゅん》黙《だま》ったあとベッドから降りて、キッチンへと消えてしまった。

さすがに怒《おこ》らせたかもしれない。あの言い方じゃ『あんたには魅力《みりょく》がない』と言ったのと同じだ。女の子相手だったら、確実に引っぱたかれて泣かれてる。いくら他《ほか》の言葉を思いつかなかったからって、失敗だろう……。

「…………」

俺が気まずい思いで黙り込んでいると、しばらくしてカチャカチャと音がしていたキッチンから、山城さんがコーヒーカップを二つ手にして戻ってきた。

凄《すご》く良いコーヒーの香《かお》りがする。

「飲みなよ」

手渡《てわた》されたカップを受け取りながら、俺は山城さんの顔色を窺《うかが》ってみる。その表情からは何も読みとれないけれど、怒《おこ》っているわけではなさそうだ。

「怒ってないの？」

「別に。秋人がノンケなのは見て分かるから、別にそれぐらいじゃ傷つかないよ。外見に反して打たれ強いから」

本当にわだかまりもなさそうに答えられて、俺は少しだけホッとしてしまう。

「あの、すみませんでした。いただきます」

「どうぞ」

香《こう》ばしい香りを裏切ることなく、コーヒーは本当に美味《おい》しかった。時間が掛《か》かっていたみたいだから、多分わざわざ豆から挽《ひ》いた奴《やつ》なんじゃないかと思う。

「美味《うま》い」

「高いやつだからね。コーヒーだけはケチんないんだ」

そして自分の分に口をつけながらベッドに座ると、山城さんは笑いながら「で、秋人は何しに来たんだっけ？」と言った。

「俺は……」

そういえば俺、何しに来たんだろう。

ああ、そっか。兄貴がホモ判定機があるっていうから来たんだ。おそらく、そのホモ判定機ってのが山城さんのことだったんだろうけど、これ以上はもう失礼なことを言いたくない。

「春樹の奴が、悩《なや》みがあるとか言ってたけど？」

「ああ…うん…そうなんですが、悩みって言うより…決心が付かないだけなんだけど」

「決心って？」

山城さんは躊躇《ちゅうちょ》する俺にそう言って、催促《さいそく》するようにしてジッと見る。俺はちょっと悩んでから、口にしてみた。こうなったら恥《はじ》は掻《か》き捨てだろう。

「えっと……智也さんは俺を好きだって言うんですが、この前まで兄貴のことを好きだった人だったと思うと、信じ切れなくて」

「で？」

「それにもしそれが本当だったとしても、俺もまだ男相手に本当にこれから恋愛《れんあい》していけるのかどうか、分からないって言うか……」

「それが悩み？」

頷《うなず》く俺に山城さんは「馬鹿《ばか》馬鹿しい」と暴言を吐《は》くと、コーヒーを一気に飲み干した。

「俺、ベッドに入ったの八時なんだよ。今日は仕事休みだから五時までは絶対に寝《ね》てるつもりだったんだ。……連日平均睡眠《すいみん》四時間だし、毎日毎日立ちっぱなしで仕事して、新米だからいろいろ叱《しか》られるし雑用やらされるしで大変なんだよ」

いきなり始まった愚痴《ぐち》を、俺はただただ黙って聞いていた。

「なのに突然《とつぜん》起こされて、なんでノロケ話なんて聞かなきゃならないわけ？」

キッと睨《にら》まれて、ノロケたつもりなんかない俺は訳が分からず山城さんを見つめ返した。

すると山城さんは諦《あきら》めたようにして「もういいよ」と言うと、もそもそとベッドに入ってしまった。

「あ、そうだ。携帯《けいたい》番号教えてよ」

山城さんは布団《ふとん》を被《かぶ》る前に思い出したようにそう言うと、あくびをしながらベッドサイドをごそごそ探《さぐ》ってそこから携帯電話を取り出す。

「今、俺の携帯使えないんですが」

「春樹が言ってたから知ってる。とりあえず教えておいてよ。ダメ？」

何で使えないって分かってるのに、そんなの知りたいんだろう？

躊躇《ためら》いながらも俺が番号を口にすると、山城さんは「俺もう寝るから適当に帰って」とあくび混じりに言って布団に潜《もぐ》ってしまった。

「え、鍵《かぎ》は？」

「大丈夫《だいじょうぶ》」

そう言った次の瞬間には、布団の中から規則正しい寝息が聞こえてきた。

俺はこれ以上ここに居る理由もなくて、言われた通りに部屋を出る。だけど出たは良いけれど、ここがどこなのか分からない。

「はぁ……」

結局、山城さんに会っても、なんの解決にもならなかった。逆に『なんでノロケられなきゃならないんだ』なんてキレられるし。一体何のために俺は大学をサボったんだろう。こんなことなら、おとなしく授業に出ていれば良かった。

俺はもう一度ため息を吐くと、通りがかった犬の散歩中の主婦に仕方なく道を聞いて、駅へと向かったのだった。

「今日は俺、何してんだろう」

乗り換《か》えのせいで手間取って、家に辿り着いたのは夕方だった。

今日は早く帰ると智也さんに言ってあっただけに、何となく気まずい。絶対に智也さんは自分の仕事を中断させて、俺を待っているに決まっている。

遅《おそ》くなると連絡《れんらく》しようにも携帯は没収《ぼっしゅう》されたままだし、よく考えたら俺は家の電話番号も知らなかった。

「ただいま」

今度は家の電話番号を聞いておこうと思いながら、がちゃりと鍵を開けて部屋に入ると、表情の冷たい智也さんが俺を迎《むか》えた。

帰ってくるのが遅《おく》れただけで門限を破ったわけじゃない。なのに、物凄《ものすご》く不機嫌《ふきげん》な様子を隠《かく》そうとしない智也さんに、俺は首を傾《かし》げた。

凍《こお》ってしまいそうなほどに冷たい、智也さんの目。俺を兄貴の浮気《うわき》相手と間違《まちが》えたときだって、ここまで怒ってはいなかった。

「今までどこにいた？」

「……知り合いのところに」

「山城のところか？」

鋭《するど》い眼光に射貫《いぬ》かれて、俺は素直《すなお》に頷いた。

なんで智也さんがそれを知っているのか、そう思った俺の目に、智也さんが持っている携帯が目に入る。それは俺の携帯だ。

「さっき、山城から電話があった。山城とやってきたんだろ？　あいつ出たのが俺だって気づかずに、お前のテクのことしゃべりまくってた」

智也さんが投げて寄越《よこ》した携帯を見ると、履歴《りれき》には見覚えのない番号があった。

これが山城さんの番号だったとして、彼は俺の携帯が使えないことを兄貴から聞いて知っていたはずだ。もしかして、山城さんは俺の携帯を智也さんが持っていることも、兄貴から聞いていたのだろうか？

で、智也さんを怒《おこ》らせるために、わざとそんな嘘《うそ》を吐いたとか……？

――やられた。

素直に番号を教えた俺のミスだ。

「春樹みたいなことしやがって」

俺が青ざめると、智也さんは吐き捨てるようにそう言う。

「お前はもともと女が好きなんだもんな。山城は女みたいな顔してるし、お前の好みにも合ってたってわけか」

「智也さん、違います。俺…」

「もういい」

焦《あせ》って弁解しようとした俺の言葉を、智也さんはきつい口調で遮《さえぎ》った。まるで聞く耳を持とうとしてくれない。

「俺のことが嫌《きら》いなら、直接そう言えよ。あんな最低な男の口から、お前の気持ちなんて聞きたくなかった。俺はお前とあいつがつながってたことすら知らなかったんだ」

「智也さん……」

泣きそうな顔で絞《しぼ》り出すようにして言葉を紡《つむ》ぎ出す智也さんに、俺は一瞬《いっしゅん》言葉を掛《か》けることが出来なくなる。

　俺の一挙一動にこうして感情を動かすこの人を、俺はどうして自分のことが好きじゃないなんて思っていたんだろう。まだ兄貴のことが好きなんだろうなんて疑って、信じようとしなかった。俺のことを好きだって、こんなにも言ってくれているのに。

「どういうつもりで、俺のことを山城に話したんだ？　お前ら二人で、俺のこと笑ってたのかよ。それとも、春樹を入れて三人か？」

「笑ってなんていない」

「じゃあ、なんで山城といたんだよ！」

　智也さんは真っ直《す》ぐに俺を睨み付けながら、痛々しいくらい悲愴《ひそう》な顔で叫《さけ》んだ。

　山城さんと二人でいたのは事実だ。

　だけど、俺はあの人に何もしてない。する気も起きなかったんだ。

「俺は、あの人とやったりなんかしてない。確かに、山城さんには智也さんのことを話したけど……それで、あんたを傷つけるつもりなんてなかったんだ」

「傲慢《ごうまん》だな。お前が俺を傷つけることが出来るって、そう思ってるのかよ」

　どん、と智也さんは壁《かべ》を拳《こぶし》で叩《たた》くと、俯《うつむ》いて目を伏《ふ》せた。

　泣くのかと思って手を伸《の》ばしたら、すぐさま弾《はじ》かれた。俺は行き場の無くなった手をどうすることもできず、ただ握《にぎ》りしめる。

「……そうだ。お前は俺を傷つけることが出来る」

智也さんの声は、今にも泣き出しそうに聞こえた。

「一週間……待たずに答えが出たな」

「俺は答えなんてまだ出してません！」

約束の一週間までには、まだ数日残っている。

ようやく、智也さんが俺のことを本当に好きだってことが分かったんだ。後は俺の中で気持ちを整理するだけなのに、こんなところで打ち切られるわけにはいかない。

必死で食《く》らいつこうとする俺に、智也さんは顔を上げて辛《つら》そうに笑った。

「山城の口から聞かされて、この上お前の口からまた聞くのか？　冗談《じょうだん》じゃない」

「だから、俺は！」

「黙《だま》れ。もう何も聞きたくない」

そう言うと、智也さんは俺を押しのけて、振《ふ》り返ることもなく出ていってしまう。ガチャンと、ドアが閉まるまで、唖然《あぜん》とした俺は何一つ言葉を発することが出来なかった。

誤解させるようなことをしておいて、それを解くことすらできない。不器用で、要領が悪くて、俺は最低だ。

でも、このまま本当に終わらせていいのか？

「智也さん……」

――追いかけよう。

外に出ると、俺はエレベーターを待つのももどかしくて階段で一階へと駆《か》け下りた。息が切れて、足が縺《もつ》れそうになる。一気に降りて、エントランスホールに出たけれど、そこにはすでに智也さんの姿はない。

自動ドアをすり抜けて外に出ると、とりあえず駅まで走った。あれからそんなに時間は経《た》っていないし、方向さえ間違っていなければ、途中《とちゅう》で捕《つか》まえられるはずだ。

だけど、必死で走ったのに智也さんを見つけることは出来ず、結局俺は駅に着いてしまった。

小さな駅の改札は、帰宅中の人で溢《あふ》れている。

もしかしたら、こっちの駅とは逆方向の地下鉄の駅に行ったんだろうか？

そう思い当たったものの、もはや走る気力もなく、俺はぐったりと駅の壁を背にしてしゃがみ込んだ。こんな少しの距離《きょり》を走ったぐらいで息の上がる自分が情けない。

「今日…俺、本当に何してんだろう」

せめてあのとき、部屋を出ていく智也さんの腕《うで》を摑《つか》めば良かった。どうして俺の横を通ったのに引き留めることが出来なかったんだろう。いくら『黙れ』と言われても、従わずに智也さんに聞かせることだって出来たはずなのに。

「馬鹿《ばか》みたいだ」

そもそも、あの人の気持ちを疑って、他人なんかに相談するんじゃなかった。関係ない人間に、あそこまで打ち明けてしまった自分が恨《うら》めしい。いくら兄貴の友達だからって、無条件に信用すべきじゃなかったんだ。

「今さら、携帯《けいたい》なんか返して貰《もら》ったって、掛けたい相手の番号も知らないんだよな…俺」

俺は、さっき智也さんが投げて寄越した携帯をポケットから出すと、ダメもとで携帯のアドレス帳に智也さんの名前を探した。でも、そんなものやっぱりあるわけがない。

この数日の着信履歴からは、大学の仲間や、高校時代の友達、そして親からの連絡があったことが分かる。未読のメールもたくさんあった。

通話の形跡《けいせき》があるのは、山城さんからのだけ。つまり智也さんは電話に出る前から、番号で山城さんが掛けてきたと分かったのかもしれない……。

「あの野郎《やろう》……」

苛立《いらだ》ちをぶつけたくて、山城さんの番号に掛けてみる。だけど、電話口からは「お客様のご都合によりお繋《つな》ぎすることができません」と、着信拒否《きょひ》のアナウンスが返されるだけ。俺が怒《おこ》って掛け直すのを、山城さんは分かっていたんだろう。

智也さんは、山城さんのことを『最低な男』と言っていた。

ここまでするなんて、確かに最低だ。

「はぁ…」

どうすることも出来なくて、俺はため息を吐《つ》きながらとぼとぼと鍵《かぎ》を開けっ放しにしてきてしまった家へと帰った。

「……ただいま」

返事なんかないのは分かっているのに、いつもの癖《くせ》で呟《つぶや》いてしまう。

真っ暗な部屋に入り電気をつけると、リビングのテーブルの上に、智也さんが書き込みをした俺の数学の教科書とノートがあった。見回しても、智也さんの気配はない。

だけど、智也さんの部屋のドアをそっと開けたら、そこはいつものままの状態で、パソコンも他《ほか》の私物も持ち出されていないように見えた。

「戻《もど》ってくる気はあるんだ…」

智也さんは本当に出ていったわけじゃない。まだ挽回《ばんかい》のチャンスはある。

そう考えたら、ようやく頭が回り始めた。

次に智也さんに会ったときは、必ず山城さんのことをちゃんと言おう。もう優柔不断《ゆうじゅうふだん》な態度でごまかすのはやめよう。山城さんにつけ込まれたのも、智也さんが出て行ったのも、全《すべ》て俺が認めるのが怖《こわ》くて分からないふりをしてたからだ。

誰《だれ》もいないリビングで、一人ぼんやりとソファに座りながら、俺は自分の馬鹿さ加減を目一《めいっ》杯後悔《ぱいこうかい》する。

分かってたんだよ。本当は最初から。

智也さんを抱《だ》く前から、ずっと。

好きじゃなきゃ、男相手にできるわけがないって分かってたのにごまかしてた。

一週間でカタをつけるなんて言っておきながら、本当は自分の気持ちなんかとっくに決まっていたのに。答えを引き延ばして、智也さんを不安にさせて——俺は本当に馬鹿だ。

ただ、俺が本音を口にすれば、それで良かったんだ。

「……好きです」

聞いて欲しい相手のいない遅《おそ》すぎる告白。

臆病《おくびょう》すぎて口に出来なかった言葉。

「智也さんが、好きです」

そこには聞く人がいないその告白を、何度も何度も繰《く》り返す。そして、胸の内を後悔で一杯にしながら、俺は唇《くちびる》を噛《か》んだのだった。

「なんだ、夢か」

目が覚めた俺は、それが夢だと気づいてがっかりした。

『俺のこと好きか？』

夢の中で一緒《いっしょ》にいた智也さんは、俺にそう聞いた。だから俺は、今度こそ聞いて貰おうと思って壊《こわ》れた機械のように繰り返した。

『好きです。好きです、大好きです』

そう言うと、智也さんは幸せそうに笑って、俺の首にしなやかな腕を巻き付けた。告白を繰り返すたびに、抱きしめた智也さんの体温が上がっていく気がしたんだ。

『俺も秋人のことが…』

だけど智也さんがその先を言う前に、俺の夢は終わってしまった。

夢の内容を出来るだけ鮮明《せんめい》に思い出そうと必死で記憶《きおく》を辿《たど》るのに、だんだんぼやけて会話の内容すらあやふやになってくる。

「好きです」

口にしたら、胸が痛くなった。

智也さんが出ていって、あれからもう三日が経つ。いつ戻ってくるか分からないから、すれ違《ちが》わないように大学は休んでいるけれど、いい加減待っているのも辛《つら》くなった。

だけど、今日は大学に行かないわけにはいかない。一限目から、智也さんに勉強を見て貰った数学のテストがある。

「行きたくないな……」

俺が大学に行っている間に智也さんが帰ってきて、荷物を持って二度と帰って来なかったらと考えるととても家を出る気にはならない。でも、テストを受けなきゃ単位剝奪《はくだつ》は決定だ。

仕事の時間まで割《さ》いてあんなに親身に勉強を見て貰ったのに、これでテストを受けなかったら、智也さんに申し訳ない。

「はぁ…」

ため息を吐いて俺は重い腰《こし》を上げ、ベッドから降りた。

あれから俺は、智也さんのベッドで寝《ね》ている。夜中にそっと帰ってきても分からないことがないようにというのもあったけれど、もしかしたら智也さんの夢が見られるんじゃないかと思ったからだ。実際見られたのは今日が初めてだけど、幸せな夢で良かった。夢の中まで悲しいんじゃ、目も当てられない。

「会いたいよ。智也さん」

呟いた声は思う以上に切なくて、自分でもこんな声初めて聞いた。

会ったら言う言葉は決まってる。まずは誤解を解いて、それから俺はちゃんと自分の気持ちを告げるんだ。なんどもシミュレーションしてるのに、一向に実践《じっせん》できない。

ぐずぐずと迷いながら支度《したく》をして大学に向かったせいで、教室に着いたのは始業のベルが鳴ってからだった。

すぐにプリントが配られてテストが始まった。プリントはぎっしりと数字とアルファベットで埋《う》め尽《つ》くされている。

それでも、問題は解けないわけじゃなかった。

『お前はすぐ公式間違うんだから、まずは基本になる公式を書いてから解けよ』

智也さんは何度も何度もそう言って、根気よく俺に教えてくれた。

教えて貰う前は、難しくてこんなの絶対に無理だと思っていたのに、今じゃどうやって解けばいいか、考えるまでもなく分かる。スムーズとは言い難《がた》いけど、手も足も出なかった自分が今じゃ信じられない。

問題を必死で解くと、終了《しゅうりょう》まで三十分を残して、俺は答案を教授に提出し、そのまま大学を出た。その後の授業は最初から出るつもりはなかった。

「………っ、もっと早くテスト終わらせるつもりだったのに！」

俺は苛々《いらいら》としながら、一本でも早い電車に乗りたくて足早に駅へと向かった。そして、滑《すべ》り込んできた電車にギリギリで乗り込む。

今日大学に行きたくなかった理由は、もう一つあった。

テストが今日だったことを、智也さんは知っているのだ。だから、今日に間に合うために勉強のスケジュールを組んで教えてくれていた。

俺が智也さんだったら、テストで必ず留守になるこの隙《すき》を狙《ねら》って荷物を取りに行く。頭の良い智也さんが、このチャンスを逃《のが》すわけがないと思ったからだ。

最寄《もよ》りの駅に着くと、俺は堪《たま》らずにマンションまで走った。この間から走ってばかりだけれど、それで間に合ってくれるならいくら走ったっていい。

マンションに着いて部屋のドアを開けると、案の定玄関《げんかん》には朝はなかった智也さんの靴《くつ》が置かれていた。

「智也さん！」

叫《さけ》びながらリビングに駆《か》け込むと、智也さんは至って普通《ふつう》の表情で「早いな」と言った。

「あんたが、帰ってくるかも、しれないって、思って」

前屈《まえかが》みになって、精一杯息を整えながらそう言う。

「……テストはどうだったんだよ？」

「出来ました。智也さんの、お陰《かげ》です」

ようやく呼吸を落ち着かせて、俺は智也さんを見る。三日ぶりに見たその顔は、気のせいか少し疲《つか》れているように感じた。

「帰ってきてくれて良かった」

「すぐ出ていくけどな。別に、急いでこなくても待ってるつもりだったんだ。お陰で手間が省けて良かった」

「え？」

俺が疑問に思って眉《まゆ》を寄せると、智也さんは銜《くわ》えていた煙草《たばこ》を灰皿で揉《も》み消してから「引っ越《こ》し業者の都合で、荷物の搬送《はんそう》は明後日になるって伝えに来たんだ。俺は今日、出て行く」と言った。

「嫌《いや》だ。俺は、まだ答えを伝えてない」

言いたいことをまだ何一つ言ってないし、それに今を逃したら、もう絶対に智也さんが俺の話を聞いてくれるチャンスはないだろう。

もしかしたら智也さんはすでに心変わりしていて、もう遅いのかもしれない。けれど、今ちゃんと伝えなければ、俺はきっと一生後悔する。

この前の誤解をちゃんと解いて、それから俺の気持ちを伝えるんだ。

「聞きたくないって言っただろ。……いい加減にしろよ、秋人。もう終わったんだ」

「…嫌だっ！」

踵《きびす》を返して自分の部屋へ行こうとする智也さんを、俺は反射的に抱きしめる。

本当は、この間こうすれば良かったんだ。

「放せよ！」

「――智也さんが、好きだ」

誤解を解く間もなく、俺の口からその言葉が紡《つむ》ぎ出されてしまう。

頭の中で何度も繰《く》り返していたシミュレーションは、完全に頭の中から消えていた。誤解を解いて、それからもっと何か綺麗《きれい》な言葉で言いたいと思っていた。なのに口から出たのは、単純で使い古された言葉だけだった。でも、告げた瞬間《しゅんかん》、今まで言い渋《しぶ》っていたのが、自分でも信じられないくらいに心が軽くなった。

こんなにも簡単なことだったのに、どうして俺は今まで言えなかったんだろう？

「好きなんだ」

「……嘘《うそ》だ」

信じようとはしてくれない人に向かって、俺は繰り返し繰り返し呟《つぶや》いた。

「すげぇ好きなんだ」

「嘘なんか言うなよ！　それも、山城の作戦かよ」

震《ふる》える声で智也さんがそう言う。

その声音《こわね》は弱々しくて、もしかしたら泣いてるかもしれないと思った。

「信じてよ。山城さんとは何もない。全部あの人の嘘だ。俺は…男相手に勃《た》たないから、山城さんとはできない。見かけがいくら女の子に見えたって、どうしてもそんな気分にならない。例外は、智也さんだけだ」

「嘘だ。そんなの…」

「嘘なんかじゃない。要領悪い俺が嘘なんか吐《つ》けるわけないだろ?」

「でも、嘘だ…」

「嘘じゃない」

一向に信じようとしない智也さんの顎《あご》を摑《つか》んで、俺は無理やり目を合わせた。智也さんは俺の真意を探《さぐ》るようにして、きついその瞳《ひとみ》でじっと覗《のぞ》き込んでくる。

だけどその目は、すぐに潤《うる》んで閉じられてしまった。

「智也さん、好きだ」

「……嘘だ…」

言いながら、智也さんは震える指先で俺の頰《ほお》に手を伸《の》ばしてくる。それは柔《やわ》らかい女の手じゃない。でも長くて、綺麗な指だと思う。

「嘘じゃないよ」

「嘘じゃないなら…もっと言え」

ゆっくりと智也さんの腕《うで》が、俺の背中に回る。

俺は乞《こ》われた通りに口にした。

「気づくのが遅《おそ》くなってすみません。俺、智也さんのこと凄《すご》く好きです。今まで出会った誰《だれ》より好きです」

言葉にすることを智也さんが望むなら、いくらだって言う。だからあんたは、何も不安に思う必要なんてないんだ。

「……本当かよ…？」

「保証が必要ですか？」

聞くと、瞬《まばた》きをした智也さんの目の縁《ふち》に溜《た》まった涙《なみだ》が、ぽろぽろと零《こぼ》れた。

「いらない。お前が今、俺のこと好きだって言うなら、俺はそれだけで十分だ」

「……智也さん」

やっぱり、簡単には信じて貰《もら》えないんだ。それだけ俺はこの人を傷つけてしまった。

今だけじゃなく、これから先だってきっと俺は智也さんのことが好きだと思う。保証はないけれど、こんなにも他人のことを好きだと思う気持ちは初めてだから、そう簡単には心が変わるとは思えない。

俺はどうにかそれを信じて欲しくて、祈《いの》るようにしてそっと智也さんの唇《くちびる》に触《ふ》れた。

「……ん…」

初めてするみたいな触れ方で確かめると、智也さんが薄《うす》く唇を開く。それに誘《さそ》われるようにして、俺はもっと深いキスをするために角度を変えて口付けた。

そんな簡単なキスだけでも、智也さんに欲情している自分に気づいた。

「なぁ、本当に分かってる？　あんたが思う以上に俺は、あんたのこと好きなんだよ」

「……っ……」

抱《だ》きしめた体に掌《てのひら》を這《は》わせると、智也さんはびくりと震えた。

「……山城さんには、確かに誘われたよ。だけど、無理だった。あの人とはやりたいとも思わなかったのに、どうして相手があんただと我慢《がまん》が利《き》かなくなるんだろう」

「秋人」

「ごめん」

俺はそっと智也さんを抱く腕から力を抜《ぬ》く。

告白してすぐ体を求めるような誠意のないことをする男の言葉なんて、俺だったら信用できない。だけど、これ以上触《さわ》ってたら、本当に耐《た》えられなくなりそうだった。

「正直だよな。お前、俺に欲情してんのかよ？」

「え……」

暗に体の変化を指摘《してき》された俺は、思わず赤面して智也さんを見る。すると智也さんは、頬に涙を残しながら少しだけ笑っていた。

「男じゃ勃たないって言ってるくせに、俺でもいいのかよ？」

「……智也さんなら」

真っ直《す》ぐに見て言うと、智也さんの手が俺のシャツを引っ張った。その手は俺のシャツの裾《すそ》をめくって、直接素肌《すはだ》に触れてくる。

「俺も……秋人が相手だから、許したんだ…」

「……っ」

そこまで聞いた俺は、堪《たま》らずに智也さんに口付けた。

柔らかい唇。熱い舌。甘い吐息《といき》。

「好きだよ。すごく、好きだ」

智也さんのシャツを脱《ぬ》がせて、鎖骨《さこつ》を唇でなぞった。かがみ込んで胸を嘗《な》めると、智也さんが俺の髪《かみ》の中に指を差し入れてくる。

「秋人…」

「智也さんを痛がらせない方法を教えるって、山城さんに言われた。でも、どうしてもあの人を抱きたいなんて思えなくて、結局俺、あんたを痛がらせないやり方知らないんだ。でも、したい」

「……うん」

「痛かったら、ごめん」

言いながら腰《こし》に回した手でジーンズを脱がして、露《あら》わになったラインを指先で撫《な》でた。それから智也さんを立たせたまま、しゃがみ込んで形の綺麗なその腰骨にキスをする。強く吸い付くと、腹部にキスマークが付いた。

「あ…っ…」

ジーンズと一緒《いっしょ》に下着を引きずり下ろしている間も、壁《かべ》に背を預けた智也さんは、前屈《まえかが》みになりそうな体を俺の肩《かた》に手をついて支えながら、荒《あら》い呼吸を繰り返していた。

「…秋人、ベッド連れて行けよ」

「ごめん、余裕《よゆう》ない」

ねだられても、今の俺にはベッドにもソファにも連れてく余裕さえ無い。移動のために離《はな》れるのが嫌《いや》だなんて、そんなことを考える自分に俺自身が一番驚《おどろ》いている。

「んっ…あっ…やだ、秋人…」

ほんの少しだけ躊躇《ちゅうちょ》してから、俺は智也さんの欲望に口付けて、根本まで銜《くわ》え込む。軽く吸い上げて口を離すと、智也さんから甘い声が上がった。

「だ、めだって…でっ…る…」

それに気をよくして、歯が当たらないよう注意しながら気持ちのいい場所を探して舌を動かすと、智也さんの膝《ひざ》ががくがくと震え始めた。

俺は今にも倒《たお》れ込みそうなその体を両手で支えると、一度立ち上がって、智也さんの体を反転させる。

「後ろ向いて」

「秋人…？」

　壁に手をついたまま、智也さんが不安そうな声で俺の名前を呼ぶ。俺はそんな智也さんの後孔《こうこう》に、自分で嘗めて濡《ぬ》らした指をそっと差し入れた。

「っ」

　びくんと震《ふる》えると、智也さんは赤くなって壁に額を押しつける。

「どうすれば痛くないのか、智也さんが俺に教えてよ。そしたら俺、数学みたいにちゃんとやるから」

「知ら…な…」

　教えてくれようとしない智也さんを宥《なだ》めるように、首筋にキスをする。そして、指を増やして内部をかき回しながら、俺はそっと耳元で囁《ささや》いた。

「このまま入れても平気？　まだ慣らす？」

　本当はもう我慢できないくらい自分のものが張りつめていることは知っているけど、まだ慣らす必要があるなら、もう少しだけなら抑《おさ》えることは出来る。

　だけど焦《じ》れて脈打つのが伝わるように腰に押し付けた途端《とたん》、智也さんが涙目で振《ふ》り返った。

「痛くても、いいから…早く、秋人」

「っ、智也さん」

　甘い声で許しを得た俺は、耐えきれずに思いきり智也さんの中に入り込んだ。力の加減が出来なかったせいで、智也さんは声のない悲鳴を上げる。

「ひ、ぁ…………っ」

俺はその体を強く抱きしめて、動かずに智也さんが落ち着くのを待った。智也さんは壁に爪《つめ》を立てて、必死に痛みを堪《こら》えている。

——失敗した…。

やっぱりまだ、あれじゃ慣らし足りなかったんだ。懇願《こんがん》に煽《あお》られてつい進めてしまったけれど、もう少し我慢すれば良かった。

「は、ぁ…っぁ」

「智也さん、ごめん」

せめてと思って、俺は腹に付くくらいに反り返った智也さんのものに手を伸《の》ばすと、先走りで塗《まみ》れた先端を指で愛撫《あいぶ》する。軽く擦《こす》りあげると、智也さんの中が少しだけ緩《ゆる》んだ。

「ぁ…ん、っ」

智也さんが息を吐《は》き出す度《たび》に上げる甘い声にさえ、俺は煽られる。痛がらせたことを悪いと思っている反面で、我慢が利かない。

「い……、立ってんの辛《つら》い…どにか、しろ」

その言葉に、俺はどうにか自分を抑え込んで高ぶりを一度中から抜くと、床《ゆか》に智也さんの体をゆっくりと横たえた。それでもベッドに連れて行く余裕がないあたりが、理性が飛んでいる証拠《しょうこ》だと思う……。

「無理させて、ごめん」

「…いいって、言ったろ……でも、ちょっと待ってろ」

智也さんは荒い呼吸でそう言うと、ぐったりとした体をなんとか動かして中途半端《ちゅうとはんぱ》になっていたジーンズと下着を自ら脱ぐ。そして「目、瞑《つぶ》ってろよ」と呟《つぶや》くように言って自ら足を開くと、今まで俺が入ってたところに自分の指を伸ばしたのだ。

「……っん」

――目を瞑っていられるわけがないだろ…。

綺麗《きれい》な指を動かして、智也さんは目を瞑ったまま甘い声を上げている。おまけに、滑《ぬめ》りが足りなくなるたびに、指に唾液《だえき》を絡《から》め、またそこに戻《もど》すのだ。

慣らして、濡らして、俺が入りやすいようにしてるんだとは分かる。でも、なんだか俺を無視して自慰《じい》でもしてるみたいでおもしろくないんですが。いや、凄《すご》くエロいとは思うけど。

俺は智也さんの足に手をかけると、指が出入りしてるところに舌を伸ばし、その指ごと嘗めてみる。濡らすのが足りないんだったら、俺が嘗めて濡らしてもいいだろうと思ったんだ。

「んっ」

「やっぱ慣らすの足りなかったんだ?」

確認《かくにん》するように聞くと、智也さんは少しだけ目を開けて「嫌だ」と呟いた。

まった。

再び舌で入り口を辿《たど》ると、智也さんは全身を細かく震わせて、自らの指をそこから出してし

「これ？」

「そ、れ」

「何が？」

「気持ち悪かったですか？」

「……良すぎて嫌だ…恥《は》ずかしい…」

俺の髪を摑《つか》んで引き離そうとするけれど、その指先にはろくに力が入らないようだ。

さんざん嘗め回した頃《ころ》には智也さんはもう恥ずかしいなんて言わなかった。解《ほぐ》れた場所に指を入れると、ぎゅうぎゅうと内襞《ないへき》が収縮しようと締《し》め付けてくる。

「はやく…秋人、も、無理」

懇願するようにして、足を俺の腰に絡ませてくる。俺は今度こそ痛がらせないよう注意しながら、ゆっくりと自分のものを智也さんの後ろに呑《の》み込ませていった。

さっきよりも確実に、智也さんの反応が良い気がする。

「あっ………ん、あっ」

「全部入った」

なんとか全《すべ》てを呑み込ませてそう言うと、智也さんは熱い息を吐いた。

熱くて、狭《せま》くて、ギュッと締め付けてくる内部。

「すげぇいいよ、智也さん」

「やっぁ」

小刻みに揺《ゆ》すると、智也さんは首を振って悶《もだ》えた。

途切れ途切れに聞こえる吐息《といき》混じりの嬌声《きょうせい》が、俺の耳を打つ。揺するたびに腹の間でこすれる智也さんのものが、ゆるやかに蜜《みつ》をしたたらせた。

「あ…ぁ…っ、…も、ダメだ…」

「何が、ダメ？」

「っ…秋人っ」

わざと聞き返すと、分かってるくせに、とでも言うように恨《うら》めしい目が俺を睨《にら》んだ。

あんたが限界だってことくらい分かってる。俺だって、かなりきついんだ。でも出来ればもっと、あんたのその潤《うる》んだ目とか、煽情《せんじよう》的な姿を見ていたい。

「もっと……奥まで突《つ》いて…イカせろ…」

続いて掠《かす》れた声で「――焦《じ》らすな」と囁かれ、ぞくりと、背中を快感が走る。

その言葉通り、奥まで突いて喘《あえ》がせたいと思った。

――ダメだ、降参だ。

「智也さん」

俺が懇願に負けて激しく突き上げると、智也さんは予想通りの甲高《かんだか》い声を上げた。普通《ふつう》こんな声を男が出しても色っぽいなんて感じないと思うけれど、やっぱり智也さんだと違《ちが》う。俺にとっては特別なんだって、再確認してしまう。

「あ…っぁ…秋人、好き、…好、き」

「智也さん、好きだ」

嬌声を上げる唇《くちびる》をキスで塞《ふさ》ぐ。

そして、俺の手の中で精を吐き出した瞬間《しゅんかん》、きゅうっときつくなった内襞に耐《た》えきれず、俺は智也さんの中に自分のものを注ぎ込んだのだった。

室内は太陽の光に満ちている。

「……何時……？」

ぼんやりとベッドの中で微睡《まどろ》みから覚めると、腕《うで》の中で智也さんも同じように目を開けた。目があった途端、智也さんが困ったような顔をする。

そのまま誘《さそ》われるようにして合わせた唇は柔《やわ》らかくて、夢が覚めても幸せな現実に、俺は胸が熱くなった。

「なんか、凄く幸せな気分です」

そう言うと智也さんは照れたのか、黙《だま》って俺の首筋に顔を埋《うず》めてきた。俺はその体を抱《だ》きしめながら、今日は授業をサボってずっと一緒《いっしょ》にいようと決める。

だけど再び眠《ねむ》りに落ちようとした俺の耳に、物音が聞こえてきて顔をあげた。智也さんも眉《まゆ》を寄せながら俺と視線を合わせてくる。

「誰《だれ》か来た……」

どんどんと玄関《げんかん》のドアを叩《たた》いている音が聞こえる。インターフォンを押せばいいのに、と思いつつ無視を決め込むと、今度はガチャリと音がした。

「え？」

もしかして昨日、鍵《かぎ》をかけ忘れたのか？

俺と智也さんが同時に驚《おどろ》くと、どやどやと人が入ってくる気配がした。その勢いのまま部屋のドアが開けられそうになって――ドアは数センチだけ開いて、すぐに閉じられた。

「ダメだ、春樹」

「えー？　でも俺の部屋ここなんだけど」

聞き覚えのある声……多分、間違いなく山城さんと兄貴だ。

「二人ともちょっと服着て出てきてくれない？」

「出てきてって、何であんたが勝手なこと言ってるんだよ」

向こうから聞こえてきた山城さんの声に、俺は苛々《いらいら》としながら答える。

ここに住んでいた兄貴が言うならまだしも、山城さんは別だ。

智也さんとの関係がメチャクチャになりそうだったのも、本を正せばあの人のせいだし。あんな奴《やつ》に入ってきて欲しくない。智也さんにも会わせたくない。

「いいから、いいから。秋人、早く出てこないと入るけど？」

今度は兄貴が口を出してくる。

「服貸せよ。リビングに俺の置きっぱなしだ」

智也さんは従うつもりなのか、ベッドから降りるとそう言った。でも、その表情はどこか硬《こう》質《しつ》で、山城さんに対して喧嘩《けんか》を売るつもりなんだろうとさすがの俺にも予想が出来る。

俺はおとなしく段ボールを漁《あさ》ってシャツとジーンズを取り出すと、智也さんに手渡《てわた》す。

智也さんは俺とサイズがそんなに変わらないらしく、すんなりとそれを着てしまった。たださすがに俺よりも骨格が細いのか、肩幅《かたはば》とかジーンズの幅が余っているのが分かる。

ぼんやりと見つめていると、智也さんが怒《おこ》った口調で言った。

「お前も早く着替《きが》えろ。山城にお前の体見せんのなんて、絶対嫌《いや》だからな」

「あ、はい…」

なんだか可愛《かわい》いな。

俺は手近にあるパーカーを着ると、昨日脱《ぬ》いだジーンズに足を通す。智也さんは俺の着替えが終わったのを確認《かくにん》してから、ドアを開けた。

「よーやく出てきた」

「遅《おそ》いよ、タジ」

そこには兄貴と山城さん、そして何故《なぜ》か小西先輩《せんぱい》までもがいた。兄貴と小西先輩の組み合わせって、久しぶりに見た気がする。

「覚悟《かくご》はできてんのかよ、山城」

地の底を這《は》うようなドスの利《き》いた低い声。

だけど山城さんは、智也さんの不機嫌《ふきげん》なんておかまいなしに平然とした顔をしてる。

「何その態度？　今回の功労者に礼はないわけ？」

「礼だと？」

「そう」

にっと笑うと、山城さんは俺に「俺のお陰《かげ》で、悩《なや》みは解決できたろ？」と言った。

解決って言うより、危機一髪《ききいっぱつ》って感じだ。

「……もう絶対に、山城さんには相談なんかしません」

俺が眉を寄せると、小西先輩が相変わらず茫洋《ぼうよう》とした風体《ふうてい》で口を開く。

「春樹先輩がトラブルメーカーで、僕がトラブルスプレッダーなら、ユースケさんはトラブルシューターだよ、タジ。意味分かる？」

「――最悪だってことは」

それを聞いていた智也さんが、面白《おもしろ》くなさそうに顔を歪《ゆが》めた。

「つまり、全《すべ》てお前の企《たくら》みだったってわけか」

「人聞き悪いこと言わないでよ。俺がしたのは電話一本だけだし」

その電話一本で、俺と智也さんは本当に大変な目に遭《あ》ったんですが！

だけどそれも山城さんが智也さんの行動を読んだ上のことだったかと思うと、恐《おそ》ろしくなる。

「余計なことしやがって」

智也さんは心底嫌そうに言うが、もう怒る気は失《う》せているらしい。纏《まと》っていた殺気立った雰《ふん》囲気《いき》が消えているように俺には見える。

だけど落ち着きを取り戻《もど》した智也さんに、山城さんは構わず爆弾《ばくだん》を落とした。

「俺は悪くないよ。俺のベッドで『まだ兄貴のことが好きなんじゃないのか』とか『自分の気持ちが分からない』とかって相談してきたのは秋人だもん」

——智也さんの神経逆なでるのは、もう勘弁《かんべん》して欲しい……。

ベッドの上には座ったけれど、決してベッドの中でそんな話をしたわけじゃないだろうが！

「…………」

智也さんは黙ったまま、じっと俺を見る。その視線にいたたまれず、諸悪の根源である兄貴を見ると、当人は悪びれた様子もなく答えた。

「だって恋愛《れんあい》ごとって、祐介に任せるのがいつも一番早いし」

「つーか、春樹は自分が面倒《めんどう》くさいから俺に押しつけただけでしょうが」

さすがの山城さんも辟易《へきえき》したような声で、兄貴を小突《こづ》く。すると、その様子を見ていた智也さんが、苛々しながら俺の腕をぐいっと引っ張った。

「早く帰れよ。お前ら邪魔《じゃま》なんだけど」

「まぁまぁ、ちょっと待ってよ。今回の用は引っ越《こ》しなんだ。早く終わらせるために、この二人を連れてきたんだし」

「え!?」

兄貴の言葉に「聞いていない！」と叫《さけ》びながら、小西先輩と山城さんが顔を見合わせる。どうやら二人とも兄貴に騙《だま》されて連れてこられたようだ。

――可哀想《かわいそう》に…。

「もちろん秋人たちにも手は貸して貰《もら》うから。その代わり、ベッドとゴムと薬は置いていくから遠慮《えんりょ》無く使ってよ」

「……っ」

もはや何の恥《は》じらいもないな、兄貴！

俺は頭を抱《かか》えそうになったが、俺以外の人たちはその言葉に特に引っかかりを感じていないらしい。言われた智也さんは、冷静に「あれ、俺が買ったやつだろ」と切り返している。

やけにオープンな会話だ……。

でも兄貴や山城さんは分かるけど、ホモじゃないはずの小西先輩まで、当たり前のように聞いている。もしかして、小西先輩も同類なのか……？

「面倒くせぇ。さっさと引っ越していけよ」

智也さんはのろのろと部屋を出て、冷蔵庫からミネラルウォーターを取ってくると、それをごくりと飲む。それから「何からやるんだよ？」と言った。

基本的に智也さんは、人が良いんだと思う。

「とりあえず秋人と智也は段ボール箱空けてよ。そしたらそこに俺の荷物詰《つ》め込めるし」

兄貴はリビングの隅《すみ》に重ねてある俺の荷物が詰まった段ボール箱を指すと、今まで俺たちが寝《ね》ていた部屋に入ろうとする。俺は慌《あわ》ててそれを止めた。

「五分待って！」

そう言って部屋に入ると、ドアを閉めて窓を開ける。それから昨夜の名残《なごり》が残るシーツを丸めて抱え込み、急いで部屋から出た。

途《と》端《たん》、視線がシーツに集まったのは分かったけれど、俺は赤面しつつも知らない振《ふ》りを決め込む。あとで小西先輩にからかわれそうで嫌だが、情事の痕《あと》が残る部屋に兄貴たちを入れるよりはましだ。

「もう入っていい？」

笑いながら聞く兄貴に、俺は頷《うなず》いた。

「じゃあ俺、段ボール空けたら持ってくるから」

「ああ、よろしくー」

部屋に入った途端、あまりに統一性がない兄貴の物を見て、山城さんが「一体どんな趣味《しゅみ》なんだよ」と呆《あき》れたように言っているのが聞こえた。そして、俺が空けた段ボールにせっせと荷物を詰め込んでいく。

智也さんはリビングで段ボールから荷物を出す俺のそばで、手伝うというよりは並べられた物をしげしげと眺《なが》めていた。

段ボールから出てくるのは、本やアルバムやゲーム機やそのソフト等々だ。

「これ、俺の作ったゲームじゃん」

なんだか嬉《うれ》しそうに言った手元を見れば、去年一番売れたと言われているゲームソフトを智也さんが手にしていた。

「智也さんが作ったんですか…？」

俺は後から買ったけれど、確かそれは発売初日には店に行列が出来たっていうくらい有名なソフトだ。ＣＭや雑誌で宣伝されているのを、あの当時はよく見た。

今更《いまさら》ながら、俺は智也さんの凄《すご》さを思い知る。

「メインの動き作ったのが俺」

「へぇ…」

よく分からないながらも、とりあえず頷く。

智也さんは「今度対戦しようぜ」なんて無邪気《むじゃき》に言っていたが、いくら俺の持っているソフトとはいえ、作った人には勝てる気がしない。というか、頭の中身も顔も負けているのに、これでゲームの腕《うで》まで負けたら、ちょっと落ち込むかもしれない。俺が勝てるのは家事だけか？

ため息を吐《つ》きながら、俺は兄貴のところに空いた段ボールを持っていく。すると、部屋からは殆《ほとん》ど大きな物はなくなっていて、あとは散乱した大量の服だけになっていた。

「秋人の段ボール箱だけで足りるかなぁ」

残った服はビニール袋《ぶくろ》に入れちゃおうかな、と兄貴は呟《つぶや》いた。

「運ぶのも自分たちでやるつもりか？」

「当然じゃん。業者に頼《たの》んだら金かかるし、祐介の車使えばいいかなって。あ、そうだ智也の車も貸してよ」

「……鍵《かぎ》貸すから自分でやれよ。昨日帰ってきたばっかなんだから丁重《ていちょう》に扱《あつか》え」

「ん、分かった」

智也さんは、カウンターの上に置かれたキーケースから車の鍵を取ると、それを兄貴に無造作に放《ほう》った。

俺は智也さんが車に乗っている姿を見たことがない。前に俺を学校に迎《むか》えに来たときだって、この人は電車だった。そんなに頻繁《ひんぱん》に乗る方じゃないんだろうか？

だけどそんな疑問は、続いた会話によってすぐに解消された。

「サンキュー。今度は事故らないように気をつける」

「お前のせいでまた入院させられる羽目になったら殺すぞ」

入院？　それも兄貴のせいで？

「智也さん……兄貴、智也さんの車で事故ったんですか？」

俺は最後の箱を開けて、詰まっていたＣＤを取り出しながら確認《かくにん》する。

「まぁな。あいつ、俺の車でガードレール突き破ったんだよ」

「マジで…？」

　突き破るのって、どれぐらいのスピードだったんだろう。っていうか、そんなことして免許《めんきょ》取り上げとかにならないのかな？　もしかして、逃《に》げてきたとか……？

「乗ってた本人は傷なしだったくせに、車の方はフロントがぐしゃって乗れたもんじゃなかったから修理に出してたんだ。全損じゃなくて良かったけどな」

「直すのってどれぐらい掛《か》かりました？」

　聞くのが恐ろしいけど、一応聞いてみる。

「結構掛かったな。金もそうだけど、パーツが全部特注だから、海外から取り寄せるんで時間も掛かったし」

「特注？」

「そう、オーダーメード」

　車のオーダーメード!?　車ってオーダーメードできんの!?

　おまけに海外からパーツ全部取り寄せって、完全に俺は知らない世界なんですけど。

「……掛かった金って、うちが出した方がいいですよね……」

　言いながら、俺の声はだんだんと小さくなる。

　当然うちが払《はら》うべきだと思ったが、特注という言葉を聞くと怖《こわ》くなる。普通《ふつう》の車でも三百万や四百万はざらなのに、特注の車なんて一体いくらになるんだろう。修理費も相当高そうだ。

自分のバイクは傷がちょっと付くくらいでも怒《おこ》るくせに、どうして兄貴はこうも他人の物に対してはおおざっぱなんだろう…。

というか、智也さんも一度車を壊《こわ》された相手になんでまた鍵を渡《わた》すんだ？

「別にいい。金は腐《くさ》るほどあるし。それに春樹から金貰ったことねぇし」

「は？　ないって、ここの家賃は？」

同棲《どうせい》してたんなら、普通家賃は半分ずつ出すだろう。それに、兄貴はちゃんと家から家賃分の仕送りを受け取っているはずだし……。

「全額、俺持ちだけど？」

「え!?」

ってことは、兄貴は自分で一円も払っていない部屋に俺を呼び込んだのか？

「――最悪…」

ここまでくると、智也さんは本当に被害者《ひがいしゃ》でしかないじゃないか。

突然《とつぜん》二股《ふたまた》掛けられて、それを責めたら別れ話をされて、その相手の弟が居候《いそうろう》しにくるし、泥《どろ》棒《ぼう》と間違《まちが》えられるし……。

「智也さん」

「何？」

「本当にダメな兄貴ですみません……」

「別に……春樹には感謝してるし」

智也さんは言い難《にく》そうに言葉を紡《つむ》ぐと、若干《じゃっかん》顔を赤くしながら「お前と会えたのは、春樹のおかげだから」と言って、プイッと横を向いてしまった。

――ヤバイ、やっぱりこの人可愛《かわい》すぎる…。

心臓をバクバクさせながら、どうしてくれようかと思っていると、ふいに背後から兄貴の声が聞こえてきた。

「二人の世界に浸《ひた》ってるとこ悪いんだけど、とりあえずまとめたから下に運ぶの手伝ってよ」

分かってるなら、邪魔《じゃま》しないで欲しい。

「そこまでしてやる義理はねぇ」

「冷たいなぁ。元恋人《こいびと》の仲じゃん」

「自分から切り捨てておいて都合がいいな」

軽いそのやりとりから、智也さんの中で兄貴がもう特別な人間じゃないってことが垣間《かいま》見えて、俺は思わず安心してしまう。

「さっさと出て行け。じゃないと、おちおち休めもしねぇ」

「だったら、早く手伝ってよ」

結局、急《せ》かされた俺たちは、仕方なく荷物を運ぶのを手伝う羽目になった。

まるで引っ越し業者のように、段ボールを持って何度も往復しながら荷物を運ぶ。そうやって俺たちが動き回ってる間、山城さんだけはエレベーターの「開」のボタンを押し続けるという楽な役を引き受けていた。

「秋人、ちょっと」

「……なんだよ、兄貴」

ふいに声を掛けられた俺は、警戒《けいかい》しながら振り返る。すると段ボールを手に立ち上がった俺に、兄貴が近づいてきて耳打ちをした。

「智也はね、本気で好きな相手ができたら抱《だ》かれる側に回ってもいいかもしれないって、前に俺と祐介に言ってたことがあったんだ」

「……それって」

「だから秋人が智也を抱いたって聞いたとき、智也が本気なんだって分かったんだ。多分、あいつにとってお前は初恋だと思うよ。本人は自覚してないけど、あいつの俺に対する気持ちって恋愛《れんあい》感情じゃなくて、単なるオモチャへの執着《しゅうちゃく》だったからさ」

兄貴はそう言うと、俺に微笑《ほほえ》んだ。

つまり兄貴にも、最初から全部お見通しだったたってわけか。なんだかそう考えると、微妙《びみょう》に恥《は》ずかしく感じる。

「さてと、この荷物で最後っと」

最後の段ボールを積み終わると、狭《せま》くないはずのエレベーターの中が、ぎゅうぎゅうになった。兄貴はそれに乗り込んで、ひらひらと俺と智也さんに手を振る。

「じゃあね。落ち着いたら連絡《れんらく》するから、今度は携帯《けいたい》繋《つな》げておけよ秋人」

「木崎に飽《あ》きたらいつでも来いよ？」

そう言って山城さんは、智也さんを見て挑戦《ちょうせん》的に笑ってみせた。勿論《もちろん》その挑発に、智也さんはきつく睨《にら》んで応戦する。

「さっさと行け」

「………」

俺が何も言えずに顔を引きつらせていると、エレベーターのドアが閉まる直前、智也さんが嚙《か》み付くようなキスをしてきた。

「…んっ」

山城さんに見せつけるためにやったのは明らかだ。そんな行動が可愛いと思ってしまうあたり、俺は相当重症《じゅうしょう》だと思う。エレベーターが完全に閉まったのを見ても、舌を求めるその深いキスに応《こた》えて俺は智也さんの唇《くちびる》を貪《むさぼ》っていた。

ようやく唇を離《はな》すと、智也さんが呟《つぶや》く。

「……考えてみれば、あの荷物は二台じゃ無理だよな」

「そうですね。兄貴と山城さんが車を出して、残りの荷物は小西先輩《せんぱい》が留守番して見てるとかじゃないですか？　それか運ぶためだけに、足になる人を呼んであるとか」

交友関係の広い兄貴のことだ。心配しなくても、車を出してくれる友人くらいたくさんいるだろう。

「ありうるな」

「それより、俺はあの荷物がどこに行くのかが気になります」

あんなたくさんの荷物が山城さんの部屋に入るとは思えないし、似たり寄ったりの小西先輩の部屋にも無理だと思う。

でも、兄貴が自力で新居を探した可能性は低い。かといって実家に帰るとはとても思えない。

「また新しい男じゃねぇの？」

あっさりと言われて俺はため息を吐《つ》いた。それが一番高い確率だと思う。

部屋に入ると、智也さんはリビングに散らかった俺の物を見て「買い物行こうぜ」と言った。

「片づけるにしても、棚《たな》とかないと不便だろ」

「でも、智也さんの車は兄貴が持っていきましたよ？　買ったとしても、今日は運んでこれませんし」

「店が運んでくれるだろ」

智也さんはそう言って財布《さいふ》を掴《つか》むと、上着を手にした。服は俺のを着たままってことは、今日はもうそれで過ごすことに決めたのかもしれない。

「飯は、蕎麦《そば》がいい」

「兄貴の引っ越しだからですか？　俺が引っ越してきたのは結構前ですよ？」

「お前がここに住むって決めたのは今日だからいいんだよ」

――ダメだ……。

智也さんの発言に、俺は頭を抱《かか》え込みそうになった。

この人を怖いとかヤクザじゃないかとか思っていた自分をここに連れてきて、今すぐ否定させてやりたい。

「智也さん」

やっぱり、智也さんは可愛いと思う。

俺は堪《たま》らずに智也さんを背中から抱き寄せると、目の前のおいしそうな項《うなじ》に柔《やわ》らかく歯をたてた。智也さんは「秋人」と、咎《とが》めるように俺の名前を呼ぶ。

「早く行かないと、今日中に片づけられないだろ」

「でもさ、今下行ったら絶対兄貴たちいるし。それに俺はやっとあんたを手に入れたんだ。もうちょっとだけ、あんたと二人でいたい。片づけなんて後でいいよ」

だから出来ればもっと、智也さんの体に触《ふ》れてたいんだ――続けてそう言った俺に、智也さんは耳を赤くした。

そして抱きしめた俺の手に自分の手を重ねると、少しだけ笑いを含《ふく》んだ声で名前を呼ぶ。

「秋人」

「なに？」

首を捻《ひね》って俺を見る智也さんは、まるでいたずらっ子のような顔をして、俺の唇をぺろりと嘗《な》めた。それからくすくす笑いながら、俺の指に自分の指を絡《から》ませてくる。

「ちょっとだけでいいのかよ？」

「……智也さん、挑発してるんですか？」

「さぁな。試《ため》してみろよ」

なんかクラクラしてきた。酷《ひど》く挑戦的な言い方なのに、そんな智也さんも可愛いと思ってしまう俺は相当重症だと思う。この人になら、喧嘩《けんか》売られても罵《ののし》られても、きっと許せてしまいそうだ。

「智也さん、あの…」

「あ、そうだ」

なのに甘い雰囲気《ふんいき》になりかけた途端《とたん》、智也さんが俺の言葉を遮《さえぎ》った。

「お前、浮気《うわき》するなら――覚悟《かくご》しろよ？」

「っ！」

そう言って嘗めたばかりの唇にキツく噛みつかれ、俺は小さく声を上げてしまう。

浮気…覚悟…？

する前から噛みつかれてるっていうのに、もし浮気なんかしたら、いったいどんな覚悟が必要だって言うんだ…？

「………」

「…する気なのかよ？」

「しませんよ！」

険のある声で聞かれて、俺は慌《あわ》てて首を振って否定する。返事までの間さえも、智也さんはお気に召《め》さないらしい。ちょっと顔が怖《こわ》い……。

「俺がそんなこと、出来るわけないじゃないですか！」

「よし」

続けて念を押すと、ようやく智也さんは満足そうな顔で頷《うなず》いて、再び俺にキスをした。今度は嚙みついたりしない甘いキス。

それをだんだんと深いキスに変えていきながら、心の中で俺は、嫉妬《しっと》深くて凶暴《きょうぼう》なこの人と付き合う覚悟を、改めて決めたのだった……。

あとがき

初めまして、成宮《なりみや》ゆりです。

このたびは最後まで読んでくださって、ありがとうございました。

今回の作品は第六回ルビー小説大賞奨励賞受賞作を改稿《かいこう》した、私のデビュー作です。

この賞をきっかけにデビューさせて頂くことになりましたが、実際に受賞を知った時はなんだか信じられず、狐《きつね》につままれたような気分でした。ですので正直いまも、自分の作品がこうして文庫化し、書店に並ぶ日が来るという実感があまりなかったりもします。

それもイラストを担当して下さるのが紺野《こんの》けい子先生に決まったと聞いたときは、受賞から今までのことが全部ウソなんじゃないだろうか、と本気で疑いました。

初めてキャララフを見た時の感動は、本当に一生忘れられません。特に智也が凄《すご》く格好良くて、秋人よりも、私がつきあいたいくらいです……！　いえ、もちろん秋人も、私なんかには勿体《もったい》ないくらいに格好良かったんですが！

紺野先生、本当にありがとうございました。大好きな先生のイラストでデビューができるなんて、今でもまだ信じられないです。ファックスで頂いたラフもこの本も、一生の宝物です。

また、この「野蛮な恋人」を出版して頂くにあたって、本当に多くの方々にお世話になりました。適切なアドバイスをくださった審査員《しんさ》の先生方、編集部の皆様《みなさま》、担当様、角川書店様、大変ありがとうございました。

皆様のご期待に添《そ》えるようにこれからも努力していきますので、どうか見守ってやってくださいませ。

そして最後になりましたが、読者の皆様、ここまで読んで頂き本当にありがとうございました。

皆様に快適な時間を提供する…とまではいかなかったかもしれませんが、少しでも皆様の心に残る何かがあったのであれば、私としてはとても嬉《うれ》しく思います。

次回作は秋人の兄・春樹の話になる予定ですので、よろしかったら是非《ぜひ》そちらも読んでみてやってください。

それでは、また皆様にお会い出来ることを祈《いの》って。

平成十八年四月　　　　　　　　　　　　　　　　成宮ゆり

野蛮《やばん》な恋人《こいびと》
成宮《なりみや》ゆり

角川ルビー文庫　R110-1　14259

平成18年6月1日　初版発行

発行者——井上伸一郎
発行所——株式会社角川書店
東京都千代田区富士見2-13-3
電話/編集(03)3238-8697
営業(03)3238-8521
〒102-8177　振替00130-9-195208
印刷所——旭印刷　製本所——BBC
装幀者——鈴木洋介

ISBN4-04-452001-1　C0193　定価はカバーに明記してあります。

KADOKAWA RUBY BUNKO

角川ルビー文庫

いつも「ルビー文庫」を
ご愛読いただきありがとうございます。
今回の作品はいかがでしたか?
ぜひ、ご感想をお寄せください。

〈ファンレターのあて先〉

〒102-8177 東京都千代田区富士見2-13-3
角川書店 ルビー文庫編集部気付
「成宮ゆり先生」係

天野かづき
kazuki amano
イラスト こうじま奈月
natsuki koujima
超豪華客船オーナー×
花嫁に逃げられた医者が魅せる
貴方にも(多分)出来る、船上ラブロマンス!
貴方の願いを何でも叶えてあげましょう。
その代わり――…
花嫁に逃げられ
新婚旅行で乗るハズの
豪華客船に一人で乗り込んだ
医者の一紗。待っていたのは、
船のオーナーのアルベルトに
口説かれる毎日で…?
船上ラブロマンスはいかが?
ルビー文庫

天野かづき
イラスト
こうじま奈月
『オトナになったら、イイって言っただろ?』
一途で強引な風呂好き(!?)な御曹司×ウブな執事のラブ・バトル!?
ホテル勤務の陸は、宿泊客の御曹司に専属執事に指名される。だけど何故か風呂に連れ込まれ…!?
バスルームで会いましょう!

ルビー文庫

その声で、イカせて
タチの悪いその声に
——カラダごと、煽られる。
Sakurako Kuze
久瀬桜子
イラスト/陸裕千景子

その声で、泣かせて
――目を閉じて、
カラダだけで感じればいい。
Sakurako Kuze
久瀬桜子
イラスト/陸裕千景子
実力派俳優×声優のセクシャル・ボイス・ラブ!
失恋した相手にそっくりな声を持つ俳優・上総と、仕事で偶然
であった新人声優の小早川だったが…?

ルビー文庫

弟×兄の禁断ドラマティック・ラブ！
たとえ、それが愛だとしても
世界中に非難されようが、
俺にはアンタだけが、いればいい。
母の墓参りで偶然出会った男と一夜の過ちを犯した樹。しかし、その男が自分の弟だとわかり…!?
Sakurako Kuze
久瀬桜子
イラスト／陸裕千景子

ルビー文庫